道祖神の口笛

滑志田 隆

論創社

目次

ミャンマーの放生　1
漂流船　80
ボートは沈みぬ　142
道祖神の口笛　174
あとがき　276

ミャンマーの放生

一

赤錆におおわれた線路が湾曲しながら木々の間を通り抜けている。蔓のからまった広葉樹の枝に大型の鳥が止まり、午前の空気を切り裂くような声で鳴いていた。

地面から五十センチほど高いだけのプラットホームに十数匹の犬が群れている。隈本信夫はかれらを見て「いやだな」と思った。噛まれて感染でもしたら大変なことになる。日本を出るときに予防注射をしなかったことが悔やまれた。

「ちょっと怖いな。ミャンマーには狂犬病があるのかね」と、現地雇いの男性ガイドのムミンに尋ねた。

「ありますよ。気を付けてくださいお犬さまたちを刺激しないようにね」

ムミンの日本語は巧みだが、どこか変なところがある。が、いつもユーモアを欠かさない。それが彼の頭の良さを感じさせた。隈本の狼狽ぶりが伝わったのか、彼は白い歯を見せて笑っている。

「冗談ですよ。少しあなた様をおどかしたのです。ごめんなさい。ここの犬たちは病気を持っていません。皆おとなしいですから安心してください。彼らは駅の警備員さんのようなものです」

その駅の名は「インセイン」である。呼称の意味はわからない。ヤンゴン市の西の郊外に位置し、軍事政権によって「反政府」のレッテルを張られた政治犯の多くを収容した刑務所があることで知られている。

線路を囲むバナナの木が石造りのホームに小さな日陰を作っていた。小さいザックに入れてきた俳句歳時記の中に「万緑《ばんりょく》」という季語があるのを思い出しながら、隈本は一眼レフのカメラをぶら下げて、間もなく来るはずの列車を待った。

ミャンマーの一月下旬は熱帯雨林気候の乾季にあたる。日中の気温は三〇度まで上がり、時折、驟雨が過ぎて行く。人々は傘を持つこともなく、半袖姿でゆっくり歩いている。

隈本はバナナの葉の向こうの青い空を仰いでいた。目の前に広がる熱帯の景色を何とか一行の詩にしてみたい。そう考えながら、しきりに言葉をさがした。

犬だけでなく鳩もホームの上に群れていた。日本の神社や公園で見かけるドバトよりも小型かつ細身に見える。原種のカワラバトに近いのではなかろうか。

到着する列車の乗客らを当て込んで、パンや果物を売る女たちが木陰を出てホームに座り始めた。犬たちがその食物をにらんでいる。その背は強い日差しを跳ね返して頑丈そうに見えた。

――噛まないから安心と言われても、犬とは元来が吠えたり噛みついたりするものなのだ。

隈本は物売りの女たちにカメラを向ける間も落ち着かなかった。「熱帯の朝の挨拶バナナ売り」「野の犬の背に日差あり滴れり」と手帳に書き込んだ。

ムミンはそんな隈本の姿をにやにやしながら見つめていた。彼は三十代の頃にヤンゴン大学の市民向け語学スクールに通い、ガイドの職を得たという。十五年間、絶えず自分の日本語に磨きをかけているそうだが、日本に行ったことはない。彼は単身旅行の隈本と行動を共にして四日目であり、打ち解けた雑談をする間柄になっていた。

その一ヶ月前まで心臓病のために入院生活を強いられていた隈本は、ヤンゴン入りした初日から陽気な観光客になろうとした。熱帯の気候の中で、鬱陶しい気分から自身を解き放ちたかった。

彼は街に出るなり、露店で民族衣装のロンジーを買い、その場で身に付けた。寺院の参詣の折には、「エイッ」という袋物を売店で買い、肩から懸けて歩いた。そんな隈本の好奇心あふれる行動をムミンはおもしろがり、「ミャンマー人に見えますよ。でも、ちょっと太いかな」と軽口をたたいた。

首都の機能はネーピドーに移ったが、ヤンゴンはいまもこの国最大の商都である。中心部に日本人が経営するホテルがあり、隈本は二週間ほど逗留するつもりでチェックインした。そこに出入りする旅行会社の専属の日本語ガイドがムミンであった。

昨日の午前、日本から六人組の旅行客が到着した。隈本はバスツアーに合流させてもらい、動物園や博物館を訪ねた。二日目のこの日は朝から鉄道の体験乗車と駅構内のカメラ撮影が組み込まれていた。

団体旅行客は「西日本旅行作家協会」というグループ名だった。その中の「鉄道研究班」を中心にしてミャンマー旅行のチームを編成したという。列車の試乗だけでなく線路沿いを歩いて古い犬釘を拾ったり、機関車・車輌の修理工場を見学するという念の入ったメニューが組まれていた。それはいかにも鉄道好きの人々の集団であった。

この国はかつてビルマと呼ばれていた。英国の植民地だった一九世紀、南北に細長い国土の中央を貫く鉄道が敷設され、良質なチーク材や鉛、タングステン、雲母などをさかんに搬出した。

だから、鉄道の歴史は日本よりも古い。

第二次大戦中は旧日本軍の兵士や物資が大量に輸送された。隣国のタイとの間を結ぶ鉄道の建設には多数の捕虜が酷使され、その悲惨な話が伝えられている。

インセイン駅では中央鉄道線とヤンゴン市内の環状線が交差しており、循環線の南回り列車が入構してきた。驚いたことに先頭車輛の行き先プレートに「岐阜」の文字が掲げられていた。それはまぎれもなくJR東海の旧いディーゼルカーである。さらに四輛編成の各車両の側面には「新潟鉄工」や「KAWASAKI」などと彫り込んだ銘版が付いていた。

日本製の古い機関車や車輛がミャンマーの人々の足として活用されている。その姿を見て、隈本はいささかの興奮を覚えた。車体番号の上に付いた「キハ」の文字が何とも懐かしかった。

反対側の車線には六輛編成の列車が到着した。中央乾燥地帯のマンダレー方面に北上するディーゼル機関車だった。一日に二本の長距離便であり、ほぼ満員状態である。停車すると同時に褐色の肌の若者たちが、ロンジーをたくし上げながらホームに降りて来た。彼らは素早く飲み物や菓子類を買い、軽く跳躍して列車に乗り込む。車掌はその動きを確認してから発進の合図をした。

「こっちの機関車はソ連か中国製のようだな。おもしろいな、いろんな国から車輛を集めている」

旅行作家を名乗る小太りの男が誰にともなく説明した。ミャンマーの鉄道の軌道は幅員が一メートルしかなく〝植民地サイズ〟と呼ばれるそうだ。日本の鉄道の車輌をそのまま使用することは不可能であり、一輌ごとに改造を施す。「そこが技術的に一つの見どころですな」と男は言った。

隈本は中学生の頃、Ｄ５１など蒸気機関車の写真撮影に熱中したことがあった。アルバム整理がめんどうで長続きしなかったが、鉄道マニアの残滓が彼の体の中にある。会社勤めの頃は出張帰りに意図してローカル線に乗車したものだ。

そんな話をすると、自称旅行作家の男は「それは〝撮り鉄〟のＯＢであり、現在も〝乗り鉄〟ということです。つまり、〝緩やか鉄ちゃん〟ですな」と、チョビ髭を動かしながら言った。

列車の窓枠の上に「美濃太田─多治見」の文字板が見えた。彼の説明によれば、「今われわれが目にしているのは、すべて昭和五十年代製造の旧国鉄車輌」であり、一九九〇年代にミャンマーの国営鉄道局に無償で供与されたものらしい。

モデルチェンジによって廃棄処分された車輌が海を渡り、今も開発途上国の市民生活に役立っている。「老体でもまだまだ使えるぞ」と言わんばかりだ。六十八歳の隈本は列車たちに感情移

入し、「お前たち、がんばれよ」と声援を送りたくなった。

乗客らが日本人観光客の挙動を興味深そうに見つめていた。何をそんなにはしゃいでいるのかと、訝る様子である。一様に浅黒い色の顔をした人々は陽気であり、手を振る者もいた。その多くが若者であり、表情には活気があった。

「ミャンマーの鉄道はそんなに興味深いですか」

ムミンが近寄ってきて、にこやかに話しかけてきた。隈本が「うん、最高」と言いながら微笑を返すと、「それは良かった。私もガイドして嬉しいです」と満足そうである。

ディーゼルカーを見送った後、隈本は弾むような気持ちで駅の改札口を出た。粗末な木造の屋根の下に待合所があり、同じ見学ツアーに参加した松原由紀子が立っていた。

「いい写真が撮れましたか？　ずいぶんと嬉しそうでしたよね」

由紀子は隈本と同じく一人旅であり、ホテルの紹介で昨日の午後から旅行作家らのツアーに同行している。バスの中では参加者らと会話することなく、寺院巡りの際はひとり離れて歩き、夕食も別のテーブルでとっていた。

長身で細面、つばのある帽子を目深にかぶっている。黒いスラックスに半袖姿であり、サングラスをかけた由紀子の容姿はツアーメンバーの男たちの視線を集めた。が、話しかけられても会釈を返すだけだった。

孤高を保つのが彼女の行動パターンのようである。そんな彼女が自分の方から話しかけてきたことに、隈本は気持ちがやや浮き立つのを覚えた。

二

「なつかしい車輌が次々にやって来ましてね、学生時代の旅を思い出していたところです。あなたはホームには出なかったの？」

「出ることは出ましたが、ワンコたちがね……。これだけの数だと怖いですよ」

取り澄ましているように見える松原由紀子と会話が弾んだのは、隈本にとって意外だった。前夜に一緒に飲んだブランデーが効いているのだろうか。

「待合室に座っていて多くの人の顔を見ることができました。親子連れとか、お坊さんのグループとか、みんな顔の中に熱帯の晴れた空が沁み込んでいるようで……」

しゃれたことを言う人である。そう思いながら隈本は彼女のサングラスの中を覗いた。観察の対象をたちまち分析するような、怜悧そうな切れ長の目があった。

「ミャンマーの文字とアルファベットの両方で駅名を記した路線地図が改札口にありました。ゴルフ場とかマーケットとか、単純な駅名がおもしろかったな」

由紀子はいつの間にか英文の鉄道案内も手に入れていた。隈本はそれをうらやましく思った。この循環路線は計四十八キロで一日に約八万人が利用する。基本料金は二百チャット。日本円に換算すると十八円ぐらいになる。五、六百メートル間隔で八十ほどの駅があり、その名には日常の生活と植民地時代の名残りが共存していた。

隈本は由紀子の日に焼けた頬の線を間近に見つめた。短時間に情報をかき集めた彼女の取材の力に舌を巻く思いだった。

昨夜遅く、隈本は九階建てホテルの最上階のテラスで由紀子と偶然、顔を合わせた。「やあ、松原さんでしたね。同じチームになった隈本です。よろしければ一杯おごらせてください」と誘うと、彼女は意外にも黙って付いて来た。

どうせ自室に持ち帰って飲むのだからと、彼は「マンダレー」という名の現地産のラム酒の一瓶を注文した。これがなかなかの味であり、蒸留水から作った氷をグラスに落とし、ナッツをつまみにして立て続けに飲んだ。由紀子はそんな隈本の様子を、グラスを置いたまま観察していた。見下ろすヤンゴンの街は、灯がまばらである。一つの大きな寺院だけがライトアップされており、それが闇の中に金色の姿を浮き上がらせている。ホテルの中庭の空を小さな蝙蝠が音を立てずに行き交っていた。

由紀子は帽子を取ると、つややかな短髪であり、鼻筋が通った顔面はよく日焼けしていた。四十歳ぐらいだろうか、好奇心と高慢さが漂っている。

「今回はどうしてミャンマーへの一人旅なのですか」と隈本は質問した。

「理由のようなものはありますが、秘密ですね」

由紀子はいたずらっぽく笑った。薄紅を差している唇の形が、すっきりと整っていた。

彼女はサクランボの生産で有名なY県S市の出身であることがわかった。隈本も化粧品会社の支店長として同県Y市に二年間余り住んでいたことがある。単身赴任のマンションで鳩の糞害に悩んだ思い出話をした。

今の時期のY盆地は厚い雪に覆われているはずだ。常夏のミャンマーの風景との著しい相違に隈本は思いを馳せた。

「わたし、ずっと南の海にあこがれて育ちました。大学生の頃に沖縄や屋久島に旅をしましたが、就職して職場の先輩にダイビングを教えてもらってから、まったく別世界が開けた感じですね」

澄ましているように見えるが、なかなか人なつっこいことを言う。由紀子は県立高校に通うために、積雪を呪いながらY市内に下宿していたという。大学は英語教育で定評のある女子大に進んだが、就職先を見つける際に挫折を味わった。運輸関連の業界団体の事務職に雇用され、もう二十年近くが過ぎたという。やはり独身だった。

隈本も就職では苦労した。大学で登山クラブにいたために気ままな留年を重ねた。年齢制限なしの二次募集で拾ってもらったが、Y市から東京に戻った以後は定年退職まで閑職に回された。

「隈本さんは今回どうしてミャンマーだったの?」と、今度は由紀子が聞いてきた。

「あえて言えば、人探しみたいな気持ちかな」

彼がそう答えると、由紀子は身を乗り出すようにして隈本の顔をのぞき込み、「偶然ってともしろいですね。実は、わたしもそんな気持ち……」と言った。

何か隠された意味がありそうである。隈本はそれを聞き出してみたい欲求に駆られた。ブランデーが次第に効いてきて、彼は軽口になった。

「実は、僕は四十日ほど前に死に損ないましてね。心臓の手術を受けたんですよ。その後、自宅で欝々としていたけれど、これじゃあダメだと考えて旅に出ることにした。だから、いま非常に解放された気分で飲んでいます」

事実、隈本は左胸にいつも違和を感じていた。二片の金属が心臓の血管の中に入っている。その鬱陶しさを打ち消したい思いで杯を重ねるのだった。

「心臓の悪い人が強いお酒をがぶがぶ飲むなんて、信じられませんね。止めた方がいいんじゃないですか」

「ご忠告には感謝しますが、理屈の問題ではなく、生き方のスタイルの問題なんでね」

由紀子は少し首をかしげたあと、「お年を召されると、あちこちが壊れてくるのは仕方ないことですよ」と切り捨てるように言った。他人のことは基本的にどうでもよいという態度があらわれている。隈本にはそれがおもしろかった。

「実はわたしも……。最近、死にそうな体験をしたばかり。海で流されて四時間ほど漂ったのです。背負ったタンクの圧縮空気が切れた時、運よく発見されて収容。その後になぜだか、ミャンマーに来たくなりました」

彼女が告白めいた口ぶりになったことに、隈本はおどろかされた。しかも内容が深刻だ。彼は「ほう」と言いながら由紀子の目を見つめた。

「昨年の秋、インドネシアのバリ島で船を雇って潜っていた時でした。強めの海流があることは分かっていたので注意はしていたけど、天気が急変してガイド船が私を見失ったのです」

隈本はダイビングに関しては無知である。しかし、沖に出て船を待たせ、海中散歩を楽しむ場面ぐらいは想像できた。船との待ち合わせがうまく行かなかったことが彼女の漂流につながったという。職業的なダイビングの案内船がそういう無責任なことをするのかと、隈本は首をかしげる思いだった。

「船がダイバーを見失うことって、十五分から三十分間ぐらいなら、時々あるんです。海上で小さな人間を見つけるのは基本的に大変難しい。でも、こんどの四時間は異常でしたね。わたしの命も限界でした」

由紀子は他人事のように話し、かすかな作り笑いを見せた。何度もこの緊迫の体験を人に語り、自分自身で噛みしめてきたのだろうか。内容はシリアスだが、その口調には淀みがなかった。

「ああ、こうやって死ぬんだなと思った時、ただ浮いていようと思いましたね。助かるものなら助かりたいけど、まっ、しょうがないかな、と。でも、やはり嫌だな、〝誰か、何とかしてよ〟と思った時、わたしを探し回っている船のエンジン音が聞こえてきたんです」

「……」

「なんか変な話ですよね。するつもりなかったのに……」

「……」

「このまま此処にいると、二人とも飲み過ぎてしまいそうね。もうお部屋に戻りませんか」

「まだ酒があるので、僕はもう少し……。お先にどうぞ」

隈本はグラスを握り直した。由紀子はもう十分に付き合ったという表情で、「では、ごちそうさまでした」と言い残して席を立った。

足の長い女の後ろ姿を見送った後、隈本はホテルの中庭にそびえ立つタマリンドの大木のシルエットを見つめながら、彼女の漂流の場面について想像をめぐらした。

——空になったボンベを抱きながら一人で海面を漂うというのは、どういう気分なのだろうか。そんな体験をした後で、なぜ彼女はミャンマーへの旅を選択したのだろうか。それにしても、何であのように他人事のように自分の臨死の冒険談を語ることができるのか。

彼は由紀子とさらに話してみたい気分を募らせた。その未練を感じながら自室に戻り、横幅の大きなベッドに寝ころんだ。狂ったオフィーリアが野の花と共に水面を漂う場面、そのミレーの油彩画が思い出された。彼は目をつぶってからも眠れなかった。

三

鉄道体験ツアーの朝だった。熱い日差しをまともに受けそうである。「帽子を忘れないように」と自らに言い、松原由紀子はチーク材で装飾された部屋を出た。スラックスにスニーカーの軽装である。

定刻の五分前に彼女はホテルの玄関に立った。鉄道見学を予定するメンバーは、旅行作家六人組と通訳ガイドのムミンと小型バスの運転手であり、出発前から打ち解けた挨拶を交わしていた。隈本が青色のTシャツに褐色のロンジー、現地で買ったらしいサンダル履きの姿で表に出てきた。親しげに「昨晩はどうも」と声をかけてきたが、由紀子は会釈しただけで横を向いた。一杯の酒ぐらいで安っぽい親しさを見せることはできない。彼女は自分に注がれる男たちの視線を意識した。

バスの中でムミンがマイクを握り、ヤンゴン市の事情を説明し始めた。その顔をよく見ると、奥まった目や細長い鼻筋にビルマ族ではない特徴がある。「この男の体には英国人の血が入っているのではないか」と由紀子は憶測した。案の定、しばらく経ってからムミンは「私の祖父は英国人でした。私が持つ国民身分証には〝混血族〟と記入されています」と自分の出生について語った。

ミャンマーの人口の八割がビルマ族と聞いたが、細かく見れば百以上の民族がいるそうだ。ヤンゴン市は十世紀に南方系のモン族によって築かれた都市であり、その名は「戦いの終わり」という意味である。イギリスの統治時代にラングーンと呼ばれたが、一九八〇年代に今の呼称に復元された。

社会主義の政権、それに続く軍事政権はビルマ族の優遇政策をとった。これに伴い植民地時代に羽振りが良かったインド人や英国人との混血の人々は半ば強制的に市外へ追われたという。由紀子は〝植民地〟と〝民主化〟という二つの単語を頭の中に刻み付けながらムミンの説明に聞き入った。混血族ゆえに多難だったはずの彼の少年時代や、成人後に懸命に日本語を学んだ青年の姿を想像した。

小型バスは二百五十万人が住むヤンゴン市内を走り抜けていく。街路の両脇に食物や衣類を売る露天商が軒を連ねている。それを縫うようにして歩む、えび茶色の衣の托鉢僧侶たちの姿が目立った。

この国では男女とも成人する前に必ず、僧院での修行生活を義務付けられている。人々の社会生活の根底に、食べ物を分け合い、路上に出て施しを求める集団生活の体験が共有されているのだ。

由紀子はこの国の人々のたくましい向学心の源に興味があった。ムミンの説明によれば、常に十万人を超える市民が大学の公開講座に通っているらしい。「悟りとは何か」を問う気持ちが、大人になってからも学び続ける姿勢につながっているという。

環状線のインセイン駅の待合所では、子連れの女性たちの姿が由紀子の関心を引いた。かれらは「タナカ」という白い化粧液を頬に厚く塗っていた。ガイドブックによれば、それは野山に自生する木の樹液であり、肌を太陽光の害から守る効果を持つという。その塗り方が大胆であり、顔の半分ほどまで素肌を隠していた。

機関車や車両の撮影を終えた旅行作家たちが改札口にもどって来た。長身で大股の隈本信夫の姿は目立ち、顔は日焼けし、背筋は伸びていた。心臓に金属を入れるほどの病気をしたと聞かされたが、病弱には見えなかった。精力的に自分の趣味を追い続けているようであった。

彼は自分で巻いた深緑色のロンジーによって観光客気分を満喫している様子だが、由紀子の目から見ると、いかにも陳腐だった。着こなしが基本的にできていない。腰の上部の結び目の作り方がダメだった。由紀子は「まるで偽物じゃない」と心の中で嘲った。

その隈本は昨夜、ホテルのラウンジで持病に抗うような派手な飲み方をした。そのわざとらしさが由紀子には滑稽に思えた。さらに、俳句が趣味だと彼は言い、季語のあれこれについて勝手に語ったのだった。

「あんなもののどこがおもしろいのか」と由紀子は思う。十年前に死んだ開業医だった父親が晩年に俳句に凝っていた。その作品を見せられても彼女は共感することはなかった。当時、既に会社の課長職についていた由紀子には、俳句など現実離れした言葉遊びに過ぎぬと思われた。

しかし、父の死後に残された句集を見ると泣けてくる部分があった。老境を綴る俳句の中に、人生の終焉に向かって自分の生を見つめる必死な姿勢があった。「枯野また枯野つらぬき夜汽車行く」の句があったのを覚えている。一行の詩の中にある焦燥感を感じ取り、由紀子は泣ける思いになった。

この隈本という男も、自らの老いを俳句によって見つめ直そうとしているのだろうか。由紀子は隈本に父親の姿を重ね合わせた。そんな思いでいるうちに、意図せずに自分の漂流の経験を話してしまった。が、その後で自分の中に何やら吹っ切れたような気持ちが湧くのを意識した。隈本が得意そうに呟く「青嵐《あおあらし》」「薫風《くんぷう》」「滴《したた》る」などの季語はミャンマーの常夏の景色にかなっているように思えた。それらの単語の響きのなかに、自分が旅の中で目指したい気分に通じるものがあるような感じもした。

由紀子があれこれ思ううちに、鉄道ツアーの一行は国営の機関車・車輛修理工場に向かっていた。その工場は樹林に囲まれた広大な敷地の中にあった。細い葉を密集させた樹木がオレンジ色の花を咲かせており、白く長い雄蕊を空中に垂らしていた。

そこでは金属がぶつかる音が絶え間なく響いていた。油にまみれた若い労働者たちの手元から火花が散っていた。紺と白の制服姿のエンジニアが説明役をつとめ、そのせわしいビルマ語をムミンが日本語に訳した。

「ミャンマーの鉄道網は五千八百四十四キロあります。経済発展を支える機関車たちが、ここでメンテナンス工事を受け、また国民生活の向上の足となるために輸送の現場に戻ります」

社会主義体制のPRを感じさせるような説明ぶりだった。ムミンは作業現場の騒音に対抗するかのように声を張り上げた。

鉄道網の九割が単線だという。由紀子は出生地を通るローカル線の、そのあまりにも簡素な鉄路の景観を思い出していた。雪で覆われることが多い故郷のレールとは異なり、ミャンマーのそれは常に緑に囲まれている。その対比が不公平のようにも思えた。

エンジニアの説明によれば、鉄道局のエリート技師らはヤンゴン大学で学んだ後、先進各国に留学し知識を習得して帰って来る。社会主義から軍事政権を経て経済の自由化を目指し始めたばかりのミャンマーにとって、物流の主役としての鉄道への期待はふくらむ一方である。

その説明ぶりは要領を得ていた。データも更新されて関係者に共有されているようだった。各部門の仕事にメリハリが付いている様子であることが、由紀子には気持ち良く感じられた。「仕事はこうでなければならない」と彼女は思った。

鉄道局が保有する機関車は計四百八台で、そのすべてがディーゼルカーであり、蒸気機関車はゼロだという。

「残念だな。オレはSLにお目にかかれると思ったんだがな」と旅行作家を名乗る白髪の男がつぶやくのが聞こえた。彼の観察によれば、機関車はすべて外国から導入したものだという。彼は「七〇年代、八〇年代に製造された中古品であり、部品を交換し続けながら長持ちさせている。そこが技術陣の自慢のようだな」と語った。

旅行作家たちは機関車の性能について立て続けに質問した。日本から導入し現在も稼働中の機関車は液体式タイプ（DHL）百七台であり、その性能に関心が集まった。

由紀子はそれらの質問をうるさく感じたが、その問答を「Q」と「A」に分けてメモしてしまう自分がいた。鉄道の姿を通して、この国の素顔が次第に明らかになってくるように思えた。

説明役の上級公務員であるエンジニアは「平均最大速度は時速六十キロだが、普通は四十キロ未満で走行する」と説明した。そして「日本の鉄道のように三百キロ台で走る鉄道を育てることが私たちの夢だ」と語った。

とにかく速く走りたい。それが技術陣の目標だという。そんな説明を受けながら、由紀子は「速けりゃ良いというものじゃないわよ」と小声で言ってしまった。隣にいた隈本が「ほう」と言いながら、同感だなという顔をして彼女を見た。

「何を便利に感じるかは地域の実情による。目的地に着くまでの時間の短縮は必ずしも人を幸せにするわけではない」

自分への興味を隠さない初老の男が気障なことを言う。その角張った横顔を見返しながら、由紀子は「この男とは共感できる部分もありそうだ」と、ふと思った。

軍人を思わせるような着装の幹部職員らとの面談が応接室で行われた。白磁の皿付きのカップに紅茶が注がれた。この工場で働く八百人の従業員のうち七十人が幹部級の技術職スタッフで、女性はその一割ほどだという。これは由紀子の質問への回答だった。

インセイン駅に戻ると、やって来たディーゼルカーを隈本が指さし、「またも日本製だ」と高い声を上げた。行き先を示すプレートには「気仙沼」と書かれていた。

由紀子は胸を弾ませて乗り込む自分を意識した。どうやら旅行作家たちの〝鉄ちゃん〟気分に感染したらしい。我ながらおかしさがこみ上げてきた。

四

車内の椅子は旧国鉄のボックス式であり、元は日本の大船渡線を走っていたものらしい。そこには昭和の匂いが絡みついていた。

由紀子はムミンと斜めに向かい合い四人分の席を占めた。隈本は通路を挟んだ隣のボックスに一人で腰かけて煙草をくゆらしていた。

ディーゼルカーは線路の両脇から覆いかぶさる緑をかき分けて進む。それはいかにも緩慢であり、すぐに隣の駅がやって来た。由紀子は都電の箕輪―早稲田線の乗り心地を思いながら、ニッパ椰子で葺いた屋根がまばらに展開する逆景色を眺めていた。時折、隈本の視線が由紀子の上に注がれる。視線を返すのが煩わしかった。

停車するごとに乗客が増えていく。やがて、座席が埋まり、通路も混雑した。男も女も一様にロンジーをまとっている。それは江戸小紋を思わせるような多様なデザインであった。

由紀子はその柄の一つひとつを興味深く見つめ、自分も露店で買い求めたくなった。しかし、隈本のようにあつかましく着て歩き回るつもりはない。その行為は見方によっては民族衣装を茶化す態度なのではないかと思った。

車内はにぎやかである。マンゴーやバナナなどの果物、ウズラの卵を売る者が行き来し、サトウキビを何本も担いで売り声を発する女性もいた。彼等は薄い木製のテーブルを頭に乗せ、注文を受けるたびに手際よく品物を下ろした。そして、頭の頂から出すような高い声で代金を受け取っていた。

ムミンが高齢者の男二人に座席を譲るのが見えた。それが当然のような顔つきで座る男たちは逞しく日焼けし、布製の小さな四角い帽子をかぶっている。二人とも口の中に何かを含み、しきりに顎を動かしていた。

由紀子の隣に赤ん坊を抱いた若い母親が座った。帽子の男がその母親に何か言い、赤子を自分の両腕に引き取った。顔を崩して、しきりに赤子に呼びかける。車中に笑いの渦が広がった。

素朴ではあるが、いたわりの気持ちがあふれている。由紀子の胸に温かいものがこみ上げてきた。赤ん坊は目を大きく開けて小さな声で唸っている。乗客たちは赤ん坊をたらい回しにしては、抱き上げてあやし続けていた。

隈本の席の向かいには若い女性が座った。ロンジーではなく黒いスカートを着用している。隈本が「ミンガ・ラバー（こんにちは）」と言うと、彼女が小さい声であいさつを返した。

それを聞いた高齢の男が何か言い、周りを見まわしながら笑い声を上げた。その歯が赤い果汁で染まっていた。たぶん、「この外国人の観光客は現地の言葉を話したぞ」とか言ったにちがいない。

「どこから?」と、女性が英語で隈本に話しかけている。ブックバンドで数冊の本をとめており、そのタイトルを見ると英語学習の教本であった。彼女は日本人に親しみを抱いているようであり、「ミャンマーは初めてか」とか「どんな印象を持つか」などと質問し、隈本が英語で答えた。

彼女が「ロンジーが似合います。通訳なしで鉄道に乗るなんてワンダフル」と言ったとき、側に立っていたムミンが「ちがうよ。私がミャンマー人のガイドだ」とおどけた口調で割って入り、また周囲に笑いの渦が広がった。

彼女は小学校の英語の教師だという。由紀子は会話してみたかったが、次の駅で下車する様子である。「お目にかかれて楽しかった。良い旅を」と、英語の常套句を言って立ち上がった。

隈本が咄嗟に思いついた様子で手帳を開き、たどたどしく「ミーン・ガ・チョーデー」と大声で読み上げた。女教師は少し驚いたような顔をして「サンクス」と言った。このやり取りを聞いていた四角い帽子の男が「ウオーッ」という声を出して笑い、周囲の人々も釣られてどよめいた。

女教師は少し困ったような顔をしたが、乗客をかきわけて昇降口へ進み、タラップを降りていった。隈本が発したミャンマー語は「あなたは美しい」という意味だという。ムミンに教わったばかりで手帳に書き込んでいたものだった。

それは幾分おどけた別れの挨拶のつもりで発せられた言葉だった。しかし、現地の人を安易にからかう姿勢が見て取れなくもない。そう思った由紀子は、隈本の観光客気分のリップサービスに少なからぬ反感を覚えた。

中央マーケット駅を過ぎると、車内は急にがらんとした状態になった。檳榔樹《びんろうじゅ》を噛んでいた高齢の男も、赤ん坊を抱いていた女も下車していった。由紀子は空いた隈本のボックス席に移動した。

「これは言うのをやめようかなとも思ったのですが、今後のこともあるので言いますね」

隈本は「ほう」というような少し驚いたような顔をして、彼女の顔を見た。

「サヨナラの代わりに女性に何か言ったでしょ。皆が笑ったので、ムミンさんにその意味を聞きました。使う場所を間違えているのではないかしら。ジョークとは言えませんし、露骨に女性をからかう気持ちが見られます。外人観光客だからといって許されないと思いますよ」

「そうかな。やはり、まずかったかな」

「わたしが日本で外国人の観光客に同じこと言われたら、ふざけんなと思いますよ。あの学校の先生はサンキューって言ってかわしましたけど、顔は恥ずかしいというか、迷惑だなという感じでした。隈本さんは親しみの表現のつもりかもしれないけど、押し付けですよ。もう少し、旅人としてエチケットを心掛けた方がいいんじゃないですか」

「……」

隈本は一言もなかった。自分でも気になっていた部分を突き刺された表情である。ようやく気持ちを立て直し、「あの教師は本当に美人だったし、挨拶の言葉としては悪くはないはずだと思ったのだけど……」としどろもどろに言った。下唇を少し前に出し、不服そうな顔つきであった。

「やはり、わかってないみたいですね」

由紀子はそう言って立ち上がった。

「ことのついでに。隈本さんのロンジー姿は陳腐《ちんぷ》です。民族衣装を着るなら着るで、きちんと学習してから着たらどうですか。なんか、現地の人をおちょくってないですか」

隈本は「一本取られたな」というような仕草で頭を掻いた。反論しないのは、自分の行動に多少の恥じらいを感じているからにちがいないと由紀子は見た。

二人の会話を聞いていたムミンはただニヤニヤしているだけだった。観光客としてのマナーが論じられていることが興味深かった。が、それ以上に由紀子が自分の感じたことを率直に言うことや、年上の男を遠慮なくたしなめることに驚く思いだった。

五

日本人観光客らを夕食会場の「水上レストラン」に導いたムミンは、自分の一日の労働が終わりかける安堵感に浸った。

ビュッフェ式の中華料理は一度に多くの観光客をさばく。客たちが食事と民族音楽を楽しむ間、彼は解放されて休むことができた。一日の疲れを癒しながらコーヒーをすすった。

中国系資本が人口池を利用して建設したレストランは、ミャンマーの伝統的な寺院の外見を模している。石造の橋を渡らせるサービスが観光客に好評だった。

この日の鉄道体験ツアーの旅行作家たちは民族芸能の衣装や楽器を興味深そうに鑑賞していた。いつも質問攻めでうるさいクマモト・ノブオが「楽器の演奏者の中に、有名なビルマの竪琴《たてごと》を使う人はいないのか」と聞いてきた。「ここにはありません」とムミンが突き放すように答えると、残念そうな顔つきをした。

「竪琴」のことを聞く日本人の観光客はこれまでも時々いた。日本の児童文学の名作にその楽器が出てくるという。しかし、竪琴を使いこなす奏者は多くはない。あの透明感のある寂しい音色は、けたたましい食事の場には馴染まない。ムミンは質問を受けても、竪琴については多くを説明しないことにしていた。

全身に花模様をあしらった小さな白い象が舞台の上で踊り狂っていた。その縫いぐるみの中に二人の若い男が入り、前足と後ろ足に分かれて跳躍する。脇役たちが掛け合いの台詞を交わして高い声を響かせた。

演奏者は太鼓、木琴、縦笛の計三人である。踊り手たちもそれぞれ金属の打楽器を鳴らすので騒々しかった。しかも奏者たちは決して楽しそうではなく、木琴と太鼓の男はしきりに腕時計を見ていた。

民族舞踊には違いないが、観光用の〝まがいもの〟と言うほかはない。踊り手たちはヤンゴン大の学生アルバイトであり、舞踊というよりは体操の気分で跳ね回っている。ムミンにはそのように見えた。

彼は誘われても決して客と一緒に食事をとることはなかった。名のあるレストランのコース料理は彼の一日分の通訳料と同じくらいの料金だった。

ムミンはガイド用の専用席で自分の一日の仕事を振り返った。鉄道の写真を外人観光客に自由に撮らせ、機関車・車輌の修理工場を見学させる――そんな形式のツアーは六年前までは考えられないことだった。単に観光であることが明らかでも、軍事政権は鉄道の運行を外国人に知られることを嫌った。そこには民族間の紛争を同時にいくつも抱えている事情が反映していた。民主化によって、外国人の観光客に対する受け入れの態勢は大きく変化し、そのことがムミンには感慨深かった。

鉄道局の修理工場の見学は現地人の彼にとっても初の経験だった。見学を申し込んだが、当初は軽く門前払いされた。しかし、民主化の実績PRの効果が考慮されたらしい。一人につき数十米ドルを支払うことで話が付いた。視察の現場では日本人らの質問によって鉄道行政の構造が浮き彫りになり、ムミンにとっても大きな収穫だった。

日本語の通訳をなりわいにしている以上、彼はいつも自分の言葉に磨きをかけたいと思う。また、日本人の観光客らが何に関心を持つかという傾向を見極めたいと考えている。しかし、日本社会の構造や人々の価値観にまで理解を深めようとは思わない。日本人が使う変形の中国語彙《ごい》である「漢字」はいかにも複雑であり、それを習得する意欲は湧かなかった。

同じ仏教国ではあるが、どうも日本とミャンマーの国民意識は根本的に異なっているように思うのだ。日本人は旅行者として楽しむことへの投資を惜しまないが、社会的な弱者への布施に対しては消極的だった。

ミャンマーは第二次大戦中に日本の後押しを受けて英国の植民地から独立した。戦後は再び英国に支配されたが、アウンサン将軍らの蜂起によって独立を勝ち取った。現在の民主化を主導するアウンサン・スーチー女史の父親である。

独立後の国土は日本の一・八倍の面積を持ち、天然資源にも恵まれる。しかし、政治の混乱が経済発展を妨げてきた。国旗がこれまでに七回も変わったことが国情の不安定を象徴している。一九八八年の騒乱の際、社会主義体制からの脱却を叫んで立ち上がった学生や市民が掲げた最大の要求は、複数政党制による選挙の実施であった。

九〇年総選挙では民主政党が圧勝した。しかし、臨時政府を掌握する軍部は政権を移譲しなかった。二〇〇八年に新憲法が制定され、一一年には新政府の大統領が選出された。しかし、その憲法によれば、国家の非常事態に際しては、軍部が大統領の全権限を継承できることが定められている。上下二院から成る国会の議席の四分の一は軍人の指定席である。

一応の政治体制は整ったのだが、民主化への歩みは〝踊り場〟の苦難の中にある。その実態は、軍部の圧力への抵抗と屈従の微妙なバランスの中で揺れ動く春の雲のようなものだった。

一五年の総選挙で国家最高顧問となったスーチー女史の指導力を世界が注視しているが、民主政党の足元が脆弱であることは否めない。ムミンが見るところ、学習塾の教員が急に大学の経営者になったような不慣れな感じが漂っていた。

この国の優秀な頭脳が軍部の人々に集中していることも問題だ、とムミンは思っている。国の将来にかかわる展望を冷静に分析しているのは軍人たちである。だからと言って、軍政への回帰を望む者は少ない。観光業界で職を得ているムミンは、ひたすら民主政治の成熟と経済の自由化を願う一人であった。

年間五万人の観光客が日本からやって来る。かれらの特徴はミャンマーの政治情勢の根底にある問題についてほとんど知識を持たないことだった。にもかかわらず、軽い乗りでミャンマーの政治を話題にするのだ。おまけに民主化を一種のファッションのようにとらえている。それがムミンには気に食わなかった。

例えば、ヤンゴン市内のスーチー女史の邸の前で騒ぎながら記念撮影するのは、日本人観光客の習いであった。彼等の会話から推察するに、「軍事政権は遅れており、民主政体こそが発展した形態」と闇雲《やみくも》に信じ込んでいるように見える。社会開発の段階や統治の状況に応じて、政治の体制が選択されることを理解していないのだ。

だが、日本人の旅行客は物知りであった。ミャンマーの風物について母国と比較するよりむしろ、彼らが訪れたことのある外国との対比で評することを好んだ。そして、ミャンマーの将来の課題を中国やタイ、ヴェトナムなど近隣国との国際関係の中で論じるのに熱心だった。紛争地のロヒンギャについて質問する者も多い。ムミンが見るところ、それは単なる〝知ったかぶり〟であった。

その一方で、二〇一一年に母国の東北地方で起きた大震災による原子力発電所の破壊と放射能汚染について、ムミンが哀惜の言葉を投げかけても反応は鈍かった。「ミャンマーでもけっこう知られているんだね」とか「もう、だいぶ復興したよ」とか言うだけである。大気や海洋に与えた甚大な影響について、その事故を招来した社会構造への反省を語る者は極めて少数だった。

一方、日本人観光客らの言葉の中に民主化時代にふさわしい新たなビジネスのヒントが含まれることを、ムミンはいつも期待していた。この日も鉄道の体験乗車について日本人らは各自の言葉で印象を語った。鉄道が大きな観光資源であることを彼は感じた。

クマモトは特に好奇心の塊のようだった。六十八歳というから、ミャンマーでは総人口の一割にも満たない老齢人口に入る。しかし、彼は若者と同じように早足で歩き、何に対しても興味を示した。ロンジーだけでなく袋物や古い紙幣のコレクション、切手、煙草を自らの足で買いまくった。そして、その関心は「英国植民地のなごりや旧日本軍政の残滓《ざんし》」にあり、彼はその中からミャンマーの現在の問題を考えようとしているようだった。

環状線の列車が終点のヤンゴン中央駅に到着した際、クマモトは屋根や柱と壁、廊下のたたずまいを見まわし、「仏教寺院のような外見だけど、内部の構造はロンドンのキングズクロスやヴィクトリア駅を連想させる」と言った。彼は天井や柱にカメラを向け、階段や渡り廊下の交差具合をスケッチした。

迎えの小型バスに一番遅くに乗り込んできたクマモトは「あの駅の構造のように、植民地の残像が人々の日常生活に色濃く影を落としているのではないか」と質問してきた。それに対してムミンは「そんなことを思うミャンマー人はいません」と答えたが、歴史的な建造物と国民の潜在意識の関係は無視できない、と思い直した。

また、マツバラ・ユキコの発言や関心の持ち方もムミンにとっては示唆に富むものだった。マイクを握り、「お待たせしました。夕食は寺院風の水上レストランで伝統音楽を聴きながら……」と説明している時、ユキコが「あっ、ちょっと待って」と高い声を上げた。右側通行の車道の脇に隊列を組んで進む二百人ほどの若い女性たちの姿があった。

「民主化以来、生産が活発になった繊維産業の女工《じょこう》さんたちです。いま工場が終わり、歩いて帰って行くところです」

ムミンはそのように説明した。ほとんどが十代後半から二十代前半の労働者である。それに対してユキコが発した感想が、彼には実にユニークに思えた。

「だらだらした雰囲気がなく、前進する感じですね。新たな国づくりに向かうミャンマーの今を物語っているようです」

その評価はムミンにとって嬉しいものだった。彼が毎日見慣れた光景であり、単に女工たちが歩いているだけに過ぎない。それを外国人ならではの視点でとらえ、独自の感動の言葉にして表現したからだった。

「この人たちの給料は月当たりで平均して十五万チャット。日本円換算で一万四千円ぐらいです。皆さんの給料と比べてあまりにも少ないでしょう」

ムミンが続けて説明すると、旅行作家たちの中から「へえ、そんなに低いの」とか「資本家が搾取し過ぎだな」といった声が聞こえたが、ユキコは平然として次のように言った。

「お金の額なんて問題じゃないわ。前に向かって肩を組んで進む毎日があるかどうか。この国の人々には目指すべきものが確実にあることが伝わってくる」

ムミンの胸にはこの言葉がずしんと響いた。何か「はっ」として仕事に向き直りたくなるような、そんな励ましすら感じた。

舞楽レストランの喧騒の中で、ムミンは二杯目のコーヒーを自らに注いだ。民族舞踊の客席から立ち上がったクマモトがこちらへ近付いて来た。彼はにぎやかな歌と踊りに辟易している様子であり、「早くホテルに帰ろう」と訴えた。そこへユキコがやって来た。「ぜいたくな食べものが並んでいたけれど、アイスクリームが一番おいしかったな。もう帰りたいんだけど……」と、同じようなことを訴えた。

「間もなく踊りの演目が終わります。フィナーレでは踊り手が客席に回っていらっしゃいますので、よろしければチップを差し上げてください」

ムミンは少し変な日本語で言ってから二人をその場に残し、客席で談笑し続ける旅行作家たちの様子を見に行った。彼は仕事の気分へと自分を押し戻し、舞踊が持つストーリーについて説明した。

白象の踊りが終わり、今度は大蛇の縫いぐるみが躍動し始めている。二人の若者が蛇の胴体を支え、自分の体に巻き付け、その色と形を誇らしげに客席に示している。喝采を得るために過剰に騒ぎ立てる姿は、ムミンの目からもいくぶん見苦しく見えた。

「この蛇の踊りはいつごろから伝わっているのか?」「ヒンズー教の影響があるのかな?」などと、旅行作家たちは舞台を見ながら的外れの質問をした。ムミンは職業的な笑顔を作り、「そうですね。伝統の舞踊です。すごく元気があるでしょう」と答えながら、彼らに退出をうながした。容姿の整った若い女が客を送り出す係員だった。金色の民族衣装に身を包みながら腕をくねらせている。これも観光客を喜ばすサービスであり、昼間はヤンゴン大学の学生なのであろう。ムミンはその姿を横目に「疲れがたまるアルバイトだろうけど、学資を得るために、がんばりなさい」と、言葉には出さない声援を送った。

六

隈本信夫が年明けに、旅行社にミャンマー行きを申し込んだことを告げた時、妻は「何でなのよ。おかしいじゃない」と抗議してきた。さらに「旅先で調子に乗り、飲み過ぎることになるから止めなさい」という強い反対意見を、隈本は押し切った。「もう知りませんからね」という怒りの言葉に送られて、彼は旅立ったのである。

彼は十一月下旬、心筋梗塞と診断されてカテーテル手術を受けた。そのベッドの上で「元気があるうちにミャンマーに行こう」と心に決めた。それは少年時代に竹山道雄『ビルマの竪琴』を読んで以来の宿願だったからである。

発病の夜、隈本は胸部が圧迫される感覚があって一睡もできなかった。翌朝、自転車のペダルを漕いで最寄りの開業医を訪ねた。心電図を見た医師は「あっ」と言って顔色を変えた。そして、ただちに横になるように命じ、精密検査が可能な病院で診察を受けることを提案した。隈本が同意すると、医師はすぐに救急車を呼んだ。

「大ごとになって驚くかもしれませんが、これが一番確実な方法です。ご家族に連絡をとってください」

医師はそう言った。彼が運ばれたのは、それまでに一度も診察を受けたことのない総合病院だった。救急外来の担当医は「手術になるかもしれないので家族の同意が必要です」と彼に告げ、看護師に命じて体毛を剃らせた。隈本は「手術を受けるかどうかは、検査の結果を聞いて判断したい」旨を告げたが、若い医師は「カテーテル挿入の検査は手術と一体です。たぶん、そんな悠長なことは言っていられない事態だと思いますよ」と明瞭に答えた。

彼の病状は救急医が指摘したとおりに切迫したものだった。右腕と股間の動脈から細い管を入れて検査すると、心臓の冠動脈《かんどうみゃく》のうちの二本が閉塞《へいそく》していることが判明した。血管内を〝風船〟で広げて〝ステント〟を埋め込む手術へと移行した。

三人の医師が隈本の体を囲み、「どのサイズで行こうか」などと協議しながら手術を行った。

何度か「痛みますよ」と言われたが、我慢できないほどではなかった。「まだ続くのか。いやだな」と思った時に、若い医師から「よくがんばりましたね」と終了を告げられた。彼がストレッチャーに寝かされて手術室を出ると、ドアの前に妻が立っていた。

「良かったね、手術がうまく行って。動画を見せてもらったけど、心臓の血管が詰まっていたよ」

妻は、いつもと異なって、しおらしい印象だった。彼はそのまま集中治療室に運ばれ、三日後に他の一本の冠動脈に同様の手術を施された。その後発熱が続き、入院は約二週間に及んだ。抗生物質の投与を打ち切った後、筋力を回復するリハビリを受け、退院の許可が下りた。

この間、彼はさまざまに考えを巡らせた。心臓にコバルト製のステントが二個挿入されたことの意味についてである。二足歩行の哺乳類が心臓に欠陥を抱えながら生きるということは、どう考えてもサステナブルな状態ではない。回診の主治医に対して彼は「私はどれくらい持つのですか」と質問した。副院長のネームプレートをつけた貫禄のある男が答えてくれた。

「あなたは結構、危なかったですよ。この手術だと、ふつう二十五年ぐらいは持ちますね」

その回答は隈本の余命のことではなく、彼の体内に装着したステントが腐食に耐える年月のことのようであった。

入院中、隈本は妻に持って来てもらった江戸俳諧に関する本をしきりに読んだ。大学同窓会の先輩が、ある俳句結社に彼を強引に入会させたが、〝主宰〟と呼ばれる男が「読め、読め」と促すのが、芭蕉や弟子の俳人らが著した古典作品だった。

『去来抄《きょらいしょう》』と『三冊子《さんぞうし》』。それは予想したとおりに退屈きわまる内容だった。しかし、〝座〟の文芸の雰囲気は感じられた。未熟の者にもありがたく思える一節があった。

芭蕉は「功者に病あり」とも「初心の句こそたのもしけれ」とも言い残したという。この部分を読んだ隈本は、〝二句一章〟だの〝切れ〟だのとうるさく言う先輩の顔を思い浮かべて「どんなもんだい」と思った。「俳諧は三尺の童にさせよ」の語も気に入った。

隈本は「気楽に行けばいいのだ」と思い直した。彼は本を閉じ、二十年前に七十六歳で死んだ父親のことをしきりに考えた。

――父と同じだけ生きるとなると、あと十年の命ということになる。父の死因は肺がんだった。喫煙の量ならオレは父をはるかに上回る。まして心臓血管内にステントを入れたとなると、父の死亡年齢に達することはできないかもしれない。

そのように計算すると寂しくもあり、おもしろくなかった。「俺が死んだあと……」と思い巡らし、六十歳を超えたばかりの妻と三十代となった二人の息子の顔を思い浮かべた。しかし、特にひっかかることはなかった。問題はやはり、自分自身のことだった。

サラリーマンを定年退職し、このまま合唱団と俳句サークルを趣味として朽ちていくのでは、何とも満たされぬ気持ちがあった。

「晩年の父は何によって支えられて生きたのだろうか」と、彼は思いを巡らせた。父はがんを宣告される以前に、肺気腫のために趣味の釣りに出かけられなくなり、碁の仲間からも遠ざかった。その後、しばしばラジオの競馬放送を聞いていたが、決して面白そうではなかった。

父の死後に蔵書を整理したが、すでに大半は捨てた後であり、残ったのは論語注解と昭和史関連の事典、それに会計学と会社法の解説書だけだった。

隈本は処世に関する意見がどこまでも合わなかった父との関係をしみじみ思った。大正期に東京で生まれた父は、キリスト教系の中学から私立大の予科を経て商学科に進んだところで、欧米相手の戦争が本格化した。そのために短期繰り上げ卒業となり、まもなく応召して満州に渡り、朝鮮北部で終戦を迎えた。復員後に調べると、大学の同級生の四割が戦死していたという。

隈本は『ビルマの竪琴』をめぐる父との議論を思い起こす。それは大学の二年生の冬のことだったと記憶する。その頃、隈本は学習塾でアルバイトをしており、中学一年生の英語と国語を担当していた。彼はドリル教材の副読本として新潮文庫の『ビルマの竪琴』を十五人の生徒に配布した。

児童雑誌「赤とんぼ」に掲載されたとはいえ、一種の思想小説である『ビルマの竪琴』は決して子供向けではない。が、塾に集う生徒たちは水島上等兵の活躍を楽しんで読み、隈本が黒板にチョークで書く「埴生の宿」や「庭の千草」の歌詞をメロディーに乗せてくちずさんだ。

隈本自身が中学一年生になる春休みに、ポプラ社の「ジュニア文学名作選」の一つとして読み、感動した記憶があった。国と国が憎み合って戦う時も、人間同士は異なる言語を越えて心を通わせることができる。個人が望まない戦争を引き起こす国家とは何なのだろうか。ひとたび自分に与えられた使命に目覚めた時、人はどのように行動しなければならないのか。『ビルマの竪琴』の作者が提示するテーマには時代を超えた普遍性があった。

大学生としての自分がどこまで、この作品の精神を子供たちに伝えることができるのか。不安な部分もあったが、自分なりの手応えは感じていた。

そんなある日、彼は父親に学習塾でのアルバイトの話をした。が、父の反応は冷たかった。それはまったく隈本が想像しなかったものだった。

「君が生まれる前のことだが、評判になった小説なので『ビルマの竪琴』を読んでみた。私の感想は、これは偽物の戦記物語であるということに尽きる。竹山氏の作品を通じて中学一年の塾生たちに君が何を訴えたいのか、そこには干渉しない。しかし、私はこの作品を認めることはできない。実際の軍隊生活を経験した者たちから強い批判があるということを、中学生たちにも語り伝えておくべきだろう」

父はそのように強い調子で言った。確かに『ビルマの竪琴』は空想物語である。にも関わらず、実際にビルマ戦線や捕虜収容所で起きた出来事を再現するような迫力がある。それが文芸作品としての魅力なのだが、その虚構の持っているリアリティと理知的な態度が、父には鼻持ちならないものとして印象付けられたのだった。

父に言わせれば、英国兵と日本兵が同じ曲を互いの言語で歌うようなことが戦闘中にある訳がなく、悲惨な殺し合いと過酷な兵役の中で敵愾心《てきがいしん》を増長させるだけだったはずである。

「まったくの脚色のうちに軍隊を美しい青春物語にすることは許されない」

父はそのように語り、だんだんに激していった。その矛先が文学の理想主義への批判、つまり虚構を設定して問題を考察する手法の限界を指摘するに及び、若かった隈本は猛然と反発せざるを得なかった。

しかし、「空想物語だからこそ、真実に迫ることが出来る」という論理を、父はまったく受け付けなかった。父にとって『ビルマの竪琴』は、国家の命運を背負った集団の一員としての行

動よりも、個人の自由主義を大切にする〝傍観者の論理〟の物語だった。

その時の口論はかなり夜遅くまで続いた。隈本は人間社会になぜ文学が必要なのかを述べ、父の意見は文学の可能性を否定するものであると言いたかった。隈本は「九十九匹と一匹」の譬えまで持ち出した記憶がある。

しかし、父は「事実の分析・評価どころか、それを無視した虚偽の普及は厚顔無恥である」と一蹴した。そして「それが文学の使命と言うのならば、それはその時点で社会性を失っている」と断言した。隈本はそんな父の主張に我慢ならなかったが、論駁できなかった。「人間を活動させるエネルギーは理想ではなく敵愾心である」という論理を打ち破れなかったことが、若い隈本を深く傷付けた。しかし、半面において自分が今後考えようとすることが、むしろ明らかになったように思えた。隈本は大学の専門課程において文学と社会思想との関係性を考えようと思った。

隈本の関心は〝知識人〟と呼ばれる階層がどのように軍国主義と関わったのかを整理することだった。二回の留年の後、「近代史における哲学的ディレッタントの光と影」の論題で卒業論文を書き上げた。その間、彼は『ビルマの竪琴』の筆者である竹山道雄に関心を持ち続けた。竹山の自由主義思想は、一九六八年の米空母「エンタプライズ」寄港問題を契機にマスコミから黙殺されたが、『ビルマの竪琴』への高い評価は崩れなかった。

隈本は自分の社会生活の中にも水島上等兵が生きていたと思っている。共有する理想と仲間への信頼こそが人間生活の「絆」である。個人の行動はいつも、その幻想に積極的に拘束されるべきなのだ。そんな考え方が自分の原点にあった。

『ビルマの竪琴』は二度にわたって映画化された。それは竹山が空想したビルマの風景の実写化であったが、監督の市川崑の創作でもある。隈本はカラー作品となった映画の中の捕虜収容所での兵士たちの合唱の場面をいつも思い起こす。一人一人が自分の持ち場を守り、明日への希望を共有する姿である。その印象が自分が定年退職後に男声合唱団に入った動機にもなったのだった。

彼は病院のベッドの上で考え続けた。空想の産物だからこそ、水島上等兵は生きているのだ。水島は人間的自由とは何かを問いながら、今もミャンマーの山野を歩き続けている。

――それは事実ではないが、人間が求める真実の姿である。

隈本はそのことを水島上等兵の物語の舞台となったビルマにおいて、自分の中に確認せずにはいられなかった。心臓に入った二個のステントが、それを彼に強く求めていた。

七

松原由紀子にはあと四日間、ミャンマーでの滞在期間が残っていた。彼女はゆったり流れる時間の中で、自分の気持ちの根底にある漠然とした生への不安を見つめ直してみたかった。

由紀子は一人でヤンゴンの街を歩いた。極彩色に彩られた寺院を巡り、巨大な釈迦像の前で座り込んで日を過ごした。絶え間なく大勢の人々が礼拝する寝釈迦像は赤、青、黄色の原色で装飾され、おどろくほどに大きな目をしていた。胴体は肥満し、実に健康そうに見えた。

その寝釈迦の前で合掌しながら座り込み、由紀子はなぜ自分がミャンマーに来たのかを自らに問いかけた。よくは説明できないが、何か必然的なものに導かれてここまで来たように思えた。

昨年の十一月、インドネシアの海面を漂う事故に遭ってから、由紀子の中には名状しがたい空洞ができていた。その不自然な感覚を正常に戻したくて、彼女はミャンマーへの旅に出た。その感情は、先立って実行した紀州熊野への小旅行の延長線上にあると自分ながらに思っていた。

由紀子はバリ島沖で漂流した経験を、気丈を装いながら職場の仲間たちに話し続けた。しかし、何度話しても楽にはなれなかった。むしろ、自分の言いたいことの本質から遠ざかっていく。そして、自分には再び旅の時間が必要であることを感じた。

「こういう時にこそ残った休暇をすべて使うべきだ」

バリ島から帰って二週間も経たぬうちに由紀子は一人で南紀州に向かった。そこは彼女が海中散歩の魅力と出会った場所である。自分が生きていることを再確認したかった。

彼女は三十歳になった時に大阪支所への転勤を受諾した。それが管理職に就くための前提であり、男性職員と平等な処遇を受けるための条件だった。別に出世したい訳ではない。が、性差で処遇に差が生じるのは不服だった。

郷里の父の死後、少し気分を変えたいと思っていた矢先のことだった。職場の先輩からダイビングに誘われ、スポーツクラブのプールで講習を受けた。それが由紀子の新たな趣味の引き金となった。最初に潜った海が和歌山県の南端の串本の海中公園である。そこで見たサンゴのきらびやかな色彩が彼女を心酔させた。

当初はサークルに所属して紀州、淡路島、小豆島など関西の海を潜り歩いた。だが、やがて仲間内の男女の関係の噂話が面倒臭くなり、単独で行動することを好むようになった。

二年間の大阪勤務が終了して東京事務所に戻ってからは、八重山諸島や小笠原諸島、フィリピンのパラワン島、パプアニューギニアなどを単独で旅し、心ゆくまで海中散歩を楽しんだ。そんな生活が十年近く続いている。

キャリアウーマンなどと自分で思ったことはない。しかし、他人からそう呼ばれても違和感はない。見合い結婚の話も何度かあったが、ダイビングに出かける自由を確保していたかった。間もなく四十歳になるが、陸上の男よりも海中の魚類やサンゴ、時折出会うクジラやジュゴンの方に魅力を感じるのだ。

バリ島での漂流事故は天候の急変とガイドの経験不足が主因である。しかし、自分がクマノミの海底の住まいを探し求め、強い海流に身を任せたことも一因だった。ガイドを怨むつもりはない。命の危機はダイビングの魅力というものである。

実際に「もう、だめか」と思った場面では、この世に於いて何事も成し遂げていないことが悔やまれてならなかった。父の死後に一人で実家にいる母について気がかりもあるが、近くの田舎町で医院を開業する兄夫婦がサポートし続けることだろう。

ふり返れば、故郷のとてつもない雪の厚さから脱して、都会に住みたいという願いを実現できた。だが、趣味を追うその日暮らしで終わっていいのか。かと言って、何を自分がやり残したのかは判然としなかった。漂流によって九死に一生を得たが、自分の生の目的がどこにあるのかを見出せないでいる。

由紀子は自分が何をしたいのかを問う気持ちで南紀に向かった。それは流行の言葉でいうところの「自分探しの旅」にちがいなかった。ＪＲの特急を乗り継いで和歌山県に入り、レンタカーを運転して天神崎、白浜、那智勝浦、奥熊野に各一泊した。

それぞれの海辺に若い日の記憶があった。が、その懐かしい海底を覗き見る気力は失せていた。世界各地のダイビングポイントを経験した自分にとって、紀州の海岸はあくまで郷愁の地であった。その海水の透明度が劣えたならば、それをいたわりたい気持ちだった。

由紀子は串本の海中公園に入場し、遊覧船のプラスチック製の窓から海中を眺めた。ダイビングの初心者の頃のワクワク感はすでにない。海中塔の階段を下りながら、昔と同じように窓枠に赤い珊瑚虫が寄生しているのを見た。しかし、浅い海の底にテーブル状に発達した珊瑚はいくぶん白く変色していた。

慣れ親しんだ南紀の海ではあるが、その魅力が減退したことを否定できない。それが何とも寂しかった。海水の温度や成分が変質しているのだろうか。目に見えない構造的な変化が押し寄せているのにちがいない。

由紀子は車で辿る南紀・熊野地方の地上の景物に、自分がこれまでに経験しなかった注意を払っていることに気付いた。もともと、彼女は神社仏閣への興味が薄かった。ところが、今回の一人旅では、なぜか寺院を訪ねることにこだわる。我ながら不思議に思うほかなかった。

神社や仏閣は歴史への特別の関心があって初めて興味の対象として意識されるものだ。若い頃の由紀子には過去の出来事はどうでもよかった。しかし、今、観光客向けの地図上に寺社の印が赤い線で描かれているたびに、その駐車場に車を入れる自分がいた。賽銭箱に小銭を投げ入れ、正体を知らない御本尊様に手を合わせるだけで、妙な達成感があった。

千年近い時を経た建造物や樹林に抱かれた庭のたたずまいが、妙に由紀子の気持ちを落ち着かせた。その感覚はやはり、死に損なった経験を持ったことと関連するのではないかと思われた。那智の大滝を見上げた後、由紀子は「補陀落山寺」という、読み方が分からぬ寺院に立ち寄ることにした。

その境内に展示されている小舟の模型の前で足が動かなくなった。それは「ほだらく渡海」と呼ばれる宗教儀礼に使われた船を、同寺に残された絵画に従って地元新聞社が復元したものだった。

三メートルに満たない小船は全体を朱塗りされていた。観音浄土、すなわち補陀落山において往生を遂げたいと願う出家者がこの船に乗り込み、那智の浜から太平洋に船出したと伝えられていた。その儀式は九世紀から行われ、江戸時代まで続いていたらしい。由紀子は故郷に近い出羽三山で行われてきた即身成仏の風習を思い出した。自らの意思で洞穴や密室に閉じこもり、飲食を断ち、やがて乾燥し切って死ぬ。すなわち成仏を遂げる行者たちの伝説話である。子供の頃に畏しい話として聞いた。

黒潮に弄ばれ、彼方へ流されていく小舟を想像した。浜辺では多数の信者が居並び、そのありがたい儀式を見守っている。乗船した僧侶は海洋の波浪を見つめながら経文を唱え、極楽浄土に至ることを念じるのだ。その姿は孤高の決意に満ちているが、潮に流されていく心境は並大抵の寂寥感ではなかっただろう。

そのように思い巡らしている時、由紀子は小舟の傍らに掲げられた「那智参詣曼陀羅図」の解説板を読んで慄然とした。そこには渡海する者の修法の手順が書かれていた。「那智の浜から生きたまま船に乗せ、僅かな食糧を積み、外へ出られないように釘付けにして沖に流し……」と、実に驚くべき文章が綴られていた。

――見送りの観衆のどよめきの中を一の鳥居をくぐって浜に出て、白帆をあげ、屋形の周囲に四門及び忌垣をめぐらした渡海船に乗る。そして、帆船にひかれて沖の綱切島まで行き、ここで白綱を切って観音浄土をめざし、南海の彼方へ船出していったのである。

由紀子はその文章を目で追った後、もう一度口を動かしながら読み上げざるをえなかった。渡海者に対する敬意を含まずに、事実だけを叙そうとする文章であった。それが却って渡海の当日の緊張感を今の世に伝えていた。

船中の人となった僧侶のかたわらには三十日分の照明用の油と、数日分の食料が積まれたという。しかし、「釘付け」とは一体何なのか。乗り込んだ出家者は外が全く見えない状態で閉じ込められる。これではまるで自らの意思に反した強制である。「この世からの放逐劇ではないか」と由紀子は思った。

そして、別の場所に掲げられた解説板に接した時、由紀子は「やはり……」と納得する思いだった。書かれていたのは「近世、金光坊《こんこうぼう》が渡海を拒み島に上がったが無理やりに入水《じゅすい》させられた」というエピソードであった。記述はそれだけだったが、補陀落渡海の浄土行の物語の中に潜む人間的な真実を語って余りあった。

由紀子が想像したのは、死にたくない金光坊が釘付けされた船板を必死に蹴破り、海に飛び込んで陸にたどり着く姿だった。疲労困憊した彼を海から引き上げた人々は怒りを満面にあらわしている。そして、寄ってたかって金光坊を打擲し、彼を海に突き落とす。由紀子はそのような残酷な場面すら想像した。極楽浄土の教えの冷酷で無慈悲な側面がそこにあった。

熊野古道の湯峰の温泉に浸かっていた時も彼女は、海上を南下する小舟と、法華経を読み続ける渡海僧のことを考えた。頭の中でフラッシュが走り抜けるように、逃げ惑う金光坊の姿が浮かんでは消えた。

由紀子には、極楽がどうしても具体的に存在しなければならない空間に思えてきた。極楽は幻想であってはならないのだ。多くの僧侶が命を懸けて到達しようとした別天地である。大海を漂流した末にたどり着く陸地は、緑が生い茂り、花と果物があふれている場所でなければならなかった。物質的に豊かでなくてもよい。少なくとも、モラルに背いた者をも安住させる空間であってほしい。

彼女がミャンマーを旅先に選んだのは、金光坊に代わって南の海の彼方に存在する極楽を見てやろうと考えたからである。熊野灘から旅立った渡海僧たちの想念を、横たわる寝釈迦像の背後に垣間見たかった。

八

隈本信夫は日本に帰る飛行機便を予約していなかった。ビザなしの滞在期間を気ままに過ごすつもりである。ロンジーを纏いながら寺院を巡り、寝釈迦の胴体を手のひらで叩いてみたり、大人の背丈ほどの直径のある太鼓を鳴らし、気楽な観光客の気分に浸った。

ヤンゴン市はオフィス街もマーケットも寺院も活気があった。この国に若者が大勢いることに、隈本は注目した。十五歳から六十五歳までの労働人口が全体の七割を占める。

「近い将来、豊かな成長を実現できそうだ。人材を育てることが大事だね」

隈本がそのような感想を述べると、ムミンは「わたしもそう思います。政治の安定が何よりも大事です」と言った。

隈本は「汽車の中で会った女性の教師が実にすがすがしかった。〝坂の上の雲〟を目指している感じだった」と付け加えた。ムミンは「坂の上の雲ですか?」と言って首をかしげたが、何となくその意味を理解したようだった。

列車の中で会った若い女教師に軽口をたたき、松原由紀子に批判されたことが小さな棘のように隈本の胸に刺さっていた。「気に掛けるというほどのことではない。自分に悪気はなかった」と自己弁護した。しかし、釈然としなかった。

ホテルに新たな日本人の団体客がチェックインした。彼らは観光ではなく植林作業に従事するために入国した緑化推進グループだった。また、「U部隊遺族会」と名乗る戦没者慰霊団体も加わり、ホテルは満室状態となった。

ガイド役に指名されたムミンがもたらした情報によれば、両団体はミャンマー政府森林保護局がマンダレー管区で主催する植林キャンペーンに参加する。隈本は緑化団体のリーダー格の男に「植林の実際を経験してみたいのですが……」と頼み込み、許可された。単なる観光ではなく、少しは社会的な意義のある行為に参加したかった。

彼はミャンマーの森林行政に関する英文の小冊子をムミンを通じて入手し、ホテルの自室で読み進めた。ミャンマー全土で十年間で一千万ヘクタール規模の造林キャンペーンが展開中であることを知った。

ミャンマーの国土面積は約七千万ヘクタール弱である。北緯二〇度以南は熱帯雨林気候、同以北は温帯夏雨気候。英国の植民地時代からチーク林を保護する森林法が施行されてきたが、チーク以外の森林は減少し続けてきた。一九九〇年から二〇〇〇年までの十年間に消失した森林面積は国土の一割強にも上るという。このままでは百年後に全ての森林が消滅してしまう計算である。

隈本は考えた。熱帯林を減少させるのは人間の経済活動による圧力である。貨幣経済が浸透するのにしたがい、ゴムやヤシ、ジュートなどの商品作物の生産が拡大され、そのたびに森が伐り開かれたのだった。加えて、農村部ではエネルギー源のほとんどを木質バイオマスに頼る。植林されない限り、森林は減り続ける構造である。

政府は、中央乾燥地での緑化拡大と水源地帯の森林復旧に特に力を入れている。それは、住民の日常生活のエネルギー源としての森林を安定的に循環させることを意図していた。

植林キャンペーンに参加するために日本からミャンマー入りした人々は、このような森林減少の構造を理解し、資金と技術支援を現地当局に申し出ていた。そのうえで、住民と共働の作業に汗を流そうという意欲を示していた。

東京に本部を置く緑化推進団体は、日本企業の社会貢献活動としてミャンマーの各地に造林モデル地域を作ろうとしている。それによって地元住民の自主的な植林活動を刺激しようとする目論見である。

一方、旧日本陸軍ビルマ方面軍麾下《きか》の第十五軍の遺族の関係者らは高齢の人が多かった。二年に一度、ミャンマーを訪れ、戦没者の慰霊と植林をセットにした活動を続けている。隈本が親しくなった遺族会幹部の一人は「遺骨の収集で大変にお世話になりましたからな。いまは地域に役立つ植林に資金援助しています」と静かに話した。

遺族会の中に日本からわざわざ桜の苗木を持参してきた人がいた。その老人は「故郷の桜を見たくても見られずに死んでいった兵士の霊のために、なんとか根付かせて、この乾燥地に花を咲かせたいのです」と語った。

マンダレーへ出発する日となり、隈本は高齢の人々と共に午後の飛行機便を利用した。若い者たちは、バス二台を仕立てて早朝にヤンゴンを発って行った。この中に松原由紀子が加わっているることを、隈本はムミンから知らされた。現地の植林作業の場で彼女と顔を合わせることが楽しみであった。

飛行機組の中には日本大使館の関係者が加わっており、たまたま隈本の隣の席だった。日本の支援によって住民の自治組織がフル稼働することの意義が、繰り返し説明された。隈本はそのような活動に自分が加わったことが何やら誇らしかった。そして、「コミュニティフォレスト」という単語を覚えた。

特に興味深かったのは、五世帯を一単位として結成される住民自治の組織が、旧日本軍のビルマ統治の置き土産であると説明されたことだ。彼は祖母が歌っていた〝とんとん、とんからりの隣組〟という歌を思い出した。

マンダレー飛行場の近くのホテルに一泊し、翌朝に隈本らは大型のバスで植林予定地に向かった。道は舗装されておらず、大量の土ぼこりが上がり、窓ガラスに付着した。窓外の乾燥した土は次第に赤みを帯びていく。

隈本はバスを下りて背筋を伸ばした。強烈な暑さが頭の真上からかぶさってくるのを感じた。容赦ない日差しが乾燥した黄色い台地を焦がしていた。約三百人の男女が手に一本ずつの苗木を持ち、土の上にうずくまっているのが見えた。それは三つの村の住民たちであり、「作業開始」を告げる村長らの合図を待っていた。

おそらく数日前から準備作業が行われ、この日のセレモニーのためにかなりの労力が投下されたはずだ。人々の足元には縦横と深さが共に二フィートの四角い穴が用意されていた。

人々は朝から炎天下で働いていたのだろう。すでに猛暑によって痛めつけられ、疲れ果てた表情だった。

ラッパと太鼓が一緒に鳴り、三村合同の植林作業が始まった。作業に弾みを付けようという意図なのだろうか、七色の布で身を包んだ若い男が日本製のラジカセから流れる民族音楽に合わせ、テントの前で体をくねらせて踊っていた。

隈本は来賓のために用意された記念植樹コーナーの一角から、村人たちの緩慢な作業を見つめていた。橙色の砂の粒が風に運ばれて顔に当たる。彼は帽子を目深にかぶり、配布されたマメ科の植物の苗木を握りしめ、どのように土の中に植え込むべきか思案した。

植樹者の列の中に松原由紀子とムミンがいるのがわかった。スコップで土を掘り返しながら住民と談笑していた。その足元には一・五メートルほどの苗木が束になっていた。

一ヘクタールあたり約七百本の植栽を目標とする炎天下の作業は、これから四日間続けられるという。乾燥地の植林は考えただけでも困難なものだった。植穴を掘り、底部を二十センチほど盛り土し、その上に苗木を植える。そんなやり方が、この地域の伝統的な植栽方法なのだという。

苗木の活着を助けるには何と言っても水分補給が欠かせない。しかし、地下水が湧かない台地である。直線距離で約三十キロ離れたイラワジ川から水を運んでくるのだ。ピストン輸送で水を運ぶ。その役割をになう給水車に住民たちの熱い視線が注がれた。

駆り出された人々は黙々と炎天下の作業に取り組んでいた。その姿はいかにも粘り強かった。給水車の前に並び、一人一人がバケツに水を満たして自分の受け持ち区域に運んだ。その水を流し込んで柔らかくなった土に、アカシアやタマリンドなどの苗木を無造作に植え込んでいく。

作業はきつかった。しかし、高齢者ぞろいの遺族会の人々は弱音を吐かなかった。「私たちが立っている場所はイラワジ川の大きな河岸段丘の一部です。大戦中、陰惨を極めたインパール作戦に挫折し、撤退する日本兵が飢餓に苦しんだ場所です」と説明してくれた。

孤立したビルマネムノキの大木の根元で、大きなトカゲが猛暑に耐えているかのように動かなかった。

九

くぐもった音の角笛が鳴らされ、休憩時間になった。ナップザックをかつぎ、白い作業手袋をはめた松原由紀子の姿がこちらに近づいてきた。

「やあ、こんにちは」「やはり、会いましたね」とあいさつを交わしたが、隈本も由紀子も三十度を越える暑さと渇きに疲弊し、まともな会話にならなかった。息を整えてから由紀子が言った。

「観光の旅のはずが、地元に役立つ意味のある活動に参加できたんじゃないかしら。植林ってこんなにプリミティブな作業だとは思わなかったわ」

由紀子は自分の疲労感に満足している様子だった。それに比べると、隈本はとにかく喉が渇き、両腿のあたりが痛んだ。仕方なく、振り絞るような声を出した。

「あのバケツのリレーには参ったな。あんな風に一個一個の穴に水を入れていくとは思わなかった。自分でも相当に頑張ったように思う」

隈本は胸のポケットから手帳を出し、「木を植ゑてビルマ大地の土煙」と書きつけた。季語はないが、暑い感じは出ている、と自分で思った。

彼は「ビルマの竪琴」について考えている。水島上等兵は戦友の遺骨を埋葬、供養するためにビルマの南北東西を歩き回ったにちがいない。この大地の赤みを帯びた黄色い砂を吸い込みながら。彼はしきりにその場面を空想した。

由紀子が「相変わらず、俳句をやっていますね」と言いながら、隈本の手帳をのぞきこむ真似をした。

「地元の人に許してもらい、迷惑を我慢してもらい、旅人は少しずつ土地と人々の事情が判ってくるのよね」

「そういうところはあるね。自分の意思で、見知らぬ土地に関わろうとする努力が観光旅行の本質なのかもしれない」

「……」

「付け焼刃でもいいから、旅先で自分の置かれた場所が何なのかを考えながら、成長するのだろうね。多少の僭越は我慢してもらわないと、前に進めない」

「それって、私に言っているんですか。それとも一般論なの？」由紀子はそう言いながら、いたずらっぽく笑った。そして「この前のこと、気にしているのだったら、ごめんなさいね。でも、わたし、間違ってはいないと思うけど……」と軽く言った。

二人がいる木陰に、日本人の団体を率いて来た梶谷という六十歳ぐらいの男が近付いて来た。

「皆さん、ずいぶん、がんばりましたね。この暑さの中での水運び、初めての人は大変だったことでしょう。明日の朝、きっと腰が立たないと思いますよ」

隈本は「すでに立てない。ギブアップ」と言いたかったが、言葉を呑み込んだ。

「ありがとうございました。こんな経験させてもらって……」と由紀子が言った。

梶谷はビルマ人に負けないほどに日焼けしている。健康そうな顔の中で、煙草好きの人の変色したたくましい歯がのぞいていた。一年に二度はビルマの中央乾燥地で植林活動の指揮を執るという。農林水産省の技官をしていたが、退職後に緑化推進団体の役員に転じたという。

彼の説明によれば、中央乾燥地の農民たちは常に水不足とのたたかいである。コミュニティフォレスト運動も、苗木の初期成長を確保する水の供給ができるかどうかが生命線だという。

「苗木の周囲に集水堤を設けることが、このあたりの植林に特徴的な工夫となっています。乾燥に強い現地樹種をよく選び、低密度で植栽します。育林の成否は乾季に水を供給できるかどうか。私たちが引き揚げた後も彼等が給水を続けてくれるといいんですが……」

梶谷はそのように説明し、「われわれの活動を体験してくださってありがとうございました。日本に帰って、毎年の春と秋に行われる緑の募金活動を見かけたら、ぜひ協力してください。ちょっと余計な宣伝もお許しください」と言い残して、作業の現場に戻って行った。

「三トン給水車も緑の募金でプレゼントしたものらしいですね。私たちの知らないところで、日本も役に立っているんですね」

由紀子がそう言った。

隈本は〝緑の羽根〟という募金の仕組みを知らなかったが、海を越えて地球に役立っていることが興味深かった。そして、梶谷の言った住民本位の森づくりの意味を素人ながらに考えようとした。

生育した森林は約七百世帯が共有することになる。造林が成功すれば、家庭燃料としても農業用資材、家屋用としても新たな安定的な資源を手に入れることができるのだ。

だが、年間降雨量が六百ミリしかなく、ラテライトを含む土壌は貧栄養だ。森林を造成することは容易ではない。森が住民の共有の資産であることを理解させること。つまり、地域開発に住民自治の主体性を持たせることが本当の狙いかもしれない、と隈本は考えた。植林活動は新しい国造りの道程なのであろう。

由紀子はまったく別の感慨を抱いているようであり、「森はエネルギー源だと言っていましたよね。意外でした」と隈本に話しかけた。

「私たちは今、木を植えて育てて燃やすというサイクルの中で働いているということですね。燃やした後に、また植える。何十年間かを置いて、これを着実に繰り返す。そのために水を撒き続ける訳ですよね。なんか、循環する命を育てているような気がする」

由紀子は自分の感じたことを直ちに言葉にし、それによって考えをまとめようとしている。「循環」という見方で植林作業の本質を見ていることが、隈本には興味深く感じられた。

休憩時間の後は、隈本は疲れきっていて、ほとんど作業に参加できず、テントの中の椅子にぐったりしていた。夕刻前に作業の中止が告げられ、隈本は自分の体をバスの座席の窓辺までやっと運んだ。

植林団体はマンダレーから、仏教遺跡群で世界的に知られる古都のバガンまで移動し、午後八時過ぎにホテルに入った。由紀子もムミンも同じ飛行機、バス便だったが、隈本は誘われても食事に出かける意欲はなく、自室のベッドでへたばっているだけだった。

彼は下着類を浴槽で軽くすすいでから干した後、旅行手帳を開いた。植林の体験の一日を反芻し、この弾んだ思いを何とか俳句にしたかった。しかし、言葉は全く浮かんでは来ず、歳時記を開く気力もなかった。「熱き日を砂にまみれし蜥蜴の尾」とやっとメモした。

翌朝、ホテルのロビーで英字新聞を開いた隈本は、自分が加わった植林セレモニーがカラー写真付きの記事となっているのを見た。この国の発展に多少とも意義のある仕事に、自分の意思で参加したという満足感がわいた。

隈本の座っている籐椅子の隣の席にムミンが寄って来た。

「おはようございます。フォレスト運動に参加できて良かったですか？　どこか痛いのではありませんか？　今日はみんなでバガンのお寺を回りますが、隈本さんは歩けますか？」

「バケツリレーは遠慮したいが、有名な寝釈迦像の見物は望むところだね」

「こういう記事もあります。見てくれますか」

と、言いながらムミンは新聞記事の片隅を指で示した。そこにはヤンゴン市郊外のサッカー場で開かれている「民族フェスティバル」の模様を伝える記事が載っていた。

「カレン、シャン、カチンなど辺境地の少数民族が楽器や織物を展示しています。経済の自由化の波が始まったことを楽しんでいるように見えませんか？」

「こういう催しがよく行われるのかね。観光客としては、ぜひ覗いてみたいね」

「私の知る限りでは、ヤンゴンで少数民族が一か所に集まるお祭りなんて初めてです。この記事も〝三十年ぶり〟と書いています。軍事政権の時代には考えられなかったことなのです」

ムミンはその祭典の持つ意味に、外国人の観光客としても共感するように求めている。その表情には何やら、誇らしいものすら感じられた。

隈本はそれをぜひ見物したかった。一人の旅人として、いまこの国の社会変化の渦中にいるのであり、その意味を自分が努めて理解すべきであると考えた。

新聞が載せた少数民族フェスティバルの写真には、色彩豊かな祭りの衣装が並んでいた。首に金色のコイルを巻きつけた婦人の姿も写っている。隈本は「これらの展示の中に、きっと、あれが混じっているのではないか」と、ムミンに訊ねてみた。

「竪琴ですか？　そうですね、少数民族は持っているでしょうね。演奏してくれるかも知れません。ヤンゴンに戻ったら、一緒に探してみましょう。これこそあなた様の強いこだわりですからね」

ムミンはそう言って、微笑しながら隈本の顔をじっと見た。

十

目の前に巨大な釈迦像が横たわっている。線香の煙が絶えない。全身に塗られた純白と金色のコントラストの中で、それは豊満な微笑をたたえていた。その姿は悟りの世界の安寧を示すというよりは、あまりにも現世的な活力に満ちていた。

松原由紀子はシンビンターリャウンの寝釈迦像を見上げている。像の周辺には不思議な静けさが漂っており、信仰を持つ人が石の床にひれ伏したくなる気持ちが理解できた。彼女は自分の旅が終わりに近づいているのを意識した。明日の午後にはヤンゴン空港から日本に向けて発つ予定である。

彼女はこの日、自分の頬にたっぷりと「タナカ」を塗り、ロンジーを着用して街の中を歩き始めた。ムミンはそんな由紀子に「バガンまで来ることができたのですから、メイッティーラへ行った方がいいですね」と提案した。

バスに乗って三時間余り走り、蛇の像が祀られているナーガヨン・パヤーという名称の僧院に着いた。そこに旧日本軍の戦死者を慰霊する碑があった。ナーガは蛇の意味だ。ヨンは僧侶が衣をまとう動作を示す。日本から送られた資金で建造したという浄水器が僧院の庭の一角に設置されていた。そして、戦没者の遺族団体から贈られた寄付の実績を示すプレートが多数掲げられていた。

ガイドブックには「メイッティーラはバガン王朝の静養地」と記されていたが、第二次大戦の末期に日英両軍による激戦地となり、廃墟化した。その跡が観光地となっている。

由紀子は戦没者の慰霊塔に掌を合わせた。

旧日本軍のインパール作戦に関する解説文があった。動員兵力の約十万人のうち三万人が死亡し、二万人が重傷を負ったと書かれている。補給を失って撤退した第十五軍の中に「U部隊」と呼ばれた師団があったことも記録されていた。由紀子はその文字を目で追い、乾いた気持ちで読み、理解した。

かたわらを歩く隈本信夫は時折、片方の足をひきずるような仕草を見せた。前日のマンダレーにおける植林作業が響いているに違いない。さらに今、激烈を極めたという古戦場に立ったことが、彼を特別な気分に押し込めているように見受けられた。

飢餓に苦しむ旧日本軍の悲惨な姿を想像し、由紀子も隈本も暗然とした気持ちになった。終戦までにインド・ビルマ方面で戦没した者の数は十六万七千人に達したという。隈本は慰霊塔の文字を一字ずつ指先で追いながら、重い史実を見出そうとして苦悶しているようだった。由紀子の胸中に、この男の好奇心をいたわる気持ちが芽生えていた。

一方、ムミンは観光客の様子を観察し続けていた。意外にも二人の日本人は急に黙し、旧日本軍の行動への質問もなかった。

戦跡や慰霊塔を訪れる観光客は少なくないが、ムミンは複雑な気持ちを抑えることができない。大戦中に酷使されたり略奪の対象となったビルマ人のことを考える人は少ないのではなかろうか。

戦跡を離れ、イラワジ川の両岸の乾ききった平原を歩いた。約三千という仏教遺跡が点在している。三人は観光用の馬車を雇い、バガン旧市街の寺院巡りをした。

十一世紀、豊かな米穀生産を背景にして、華麗なパゴダや仏像が次々に建造され、東南アジア屈指の仏教王国を誇った。しかし、十三世紀、南下したモンゴル帝国軍によって街は破壊された。

由紀子は喉の渇きを覚え、椰子の実にストローを立てながら、仏塔の数々を訪ねた。隈本は快活になり、煉瓦造りの建造物を見上げては声を発した。

「これだけの煉瓦を焼くのに、どれだけの木材が必要だったことだろう。広大な森林が燃料として伐り出され、破壊されたはずだ」

彼は千年前の都市の建造に思いを馳せていた。

由紀子は「こんな砂漠地帯に森があったはずがない」と考えたが、隈本の感動する言葉を黙って聞いた。ムミンが城壁に囲まれた考古学的保護区の解説をしながら、「確かに千年前は森林に覆われていたという証拠も残っているようです」と、あいまいな口調で隈本の推理を補強した。

由紀子は仏教建築の構造や素材よりも、そこに安置された巨大な仏像の表情に魅了された。ある寺院の釈迦坐像は高さ六十五メートルにも達し、全身が金色だった。また、バガン草創期に造られたシンビンターリャウンの寝釈迦像は全長が十八メートルあった。それらの巨大さは、人の生における願い事の大きさと空しさを如何なく示しているように思えた。

巨像に威圧感がないのが不思議だった。表情の奥に深みがあり、生の歓喜だけではなく循環する命の意味を語りかけているようだった。由紀子はふと、南海を渡った旧日本兵の若者たちが、この寝釈迦の巨像群を見上げる姿を思い描いた。戦場に駆り出された彼らはどんな思いで寝釈迦の微笑に吸い込まれたのだろうか。由紀子は自分がこれまでに考えたことのない世界に分け入ろうとしていた。

「あれは、何をしているの?」と、由紀子が足を止めてムミンに質問した。

寝釈迦仏を安置した堂へと通じる石の舗道の上に、一人の少女が大きな籠《かご》と檻《おり》のようなものを出していた。その中にたくさんの小鳥が押し込められているのを由紀子は見た。小鳥を路上で売っているのだろうか。しかし、鳥を愛玩する風情が全く感じられない。それは理解しがたい光景だった。

ムミンが何か言ったが、その言葉を聞くより早く、隈本が少女の方に歩み寄っていた。彼は腰をかがめ、金属製のゲージに顔を寄せている。

小鳥たちは驚いた様子もなく、その中で動かなかった。指で数えると、三十は越えている。それらが詰め込まれて密集しているのだった。

「これはツバメの仲間だな。こっちはウグイスに似ている。いろんな種類がごっちゃに混ざっているな」と、隈本が言った。小鳥たちは一様に元気がなく、強い太陽光の下なのに、寒さに耐えているかのように小刻みに震えていた。

「何なのよ、これ。野鳥の虐待じゃないの。どうしてこんなことするの？」

由紀子は問い詰めるようにムミンに言った。しかし、彼の答えは教え諭すように静かだった。

「この鳥たちを人間が買い取り、空に放してやるのです。日本語で〝ホウジョウ〟と言うのだそうです。漢字でどのように書くのか、私には分かりませんが……」

「たぶん、〝放〟つという字に、生きものの〝生〟を合わせて〝放生〟だな」と隈本が言った。

由紀子もそれが何を意味しているのか、ようやく分かった気がした。おそらく捕らわれの小鳥の命を買い取り、仏陀の名のもとに救い上げるという意味なのだろう。それは参拝者や観光客へのサービスであり、線香を供えるのと同じように、仏前供養の儀式として商業化された行為にちがいない。

十代の後半と思われるロンジー姿の少女はうずくまってゲージを両手で抑え、小鳥たちの動きを見守っていた。少女は頭髪を赤いスカーフで覆っている。顔の色は黒く、頬にはタナカの樹液をしっかり塗っていた。

少女の黒い瞳が光っている。隈本と由紀子の顔をのぞきこむようにして、客の反応を待っている。そして、指を二本立てながら媚びるように微笑した。

「分かった。功徳を積んでみようじゃないか」

隈本がそう言って、ズボンのポケットから二枚の千チャット紙幣をつまみ出した。少女は鳥籠の側面の小窓から手を入れ、一羽の小鳥を掴んで取り出した。

尾羽の長い黒色の小鳥を両手で受け取った隈本は、しばらく掌の中の小さな命を見つめていた。そして、弾みをつけて寺院の尖塔の方角に向けて投げ出した。しかし、鳥は飛ばなかった。寺院の空気に押し戻されるようにして地面に落ち、その場にとどまって首を上げ下げしている。

「飛べよ、おい」

隈本が体を軽く突つこうとすると、小鳥は大儀そうに翼を広げて舞い上がったが、すぐに地に降りてしまった。

「もう力が残っていないのかしら。なんか哀れだわ」

由紀子が小鳥の姿を凝視しながら溜め息をついたが、隈本は何も言わず、さらに二千チャットを少女に渡した。

今度はくすんだ緑色の小鳥が彼の手に渡った。「君はセンダイムシクイみたいだね」と言いながら、彼はふたたび両掌を空に向かって広げた。

その鳥もまた飛び上がることはなかった。解放されたものの、どの方向へ飛んでいいのか分からない様子の二羽の小鳥が地面の上に留まっている。そこに寺院の庭を棲み処とする猫が近付いてきた。

「危ない。早く飛べよ」と隈本が声を上げた時、猫の腕が伸びて小鳥の尾をかすめて空を切った。これに駆り立てられ、小鳥はようやく、人々をかき分けるように低く飛び始めた。そして、寝釈迦が横たわる寺院内の雑踏の方に向かって消えていった。

「きっと自分の種の群れを探すことは出来ないわね。あんなに衰弱していては、とても生きていけないでしょう。これって意味のあることなのかしら……」

由紀子がムミンの顔をのぞきこむようにして答えを求めた。彼はいつもの薄笑いを浮かべている。そして、何やら上から目線のような口ぶりで言った。

「あの鳥が生きていくかどうかは分かりません。厳しい条件かもしれません。でも、少女は良い仕事をしています。たぶん両親か兄弟たちが巣で捕まえた鳥です。家で餌をやり、少女がそれを街で売る係です。竹で作ったカゴに入れて種類ごとに運んで来て、このゲージの中で見せ物にしています。この方法で子供たちが学校で勉強するお金を得ています。それはお釈迦さまのおかげなのです」

由紀子はその説明を聞いて、「そんなものなのだろうか」と訝った。なにもゲージの中に詰め込んで、見せ物にする必要はないのでないか。見たところ水も餌もなく、体が消耗するに任せている。参拝客のポケットマネーによって小鳥たちが自由を得たとしても、自然界で再び活発に動きまわるのは困難であろう。これでは仏さまの功徳に名を借りた虐待である。

由紀子はこの少女の仕事を是認することができなかった。彼女は鳥籠の前に立ち続けている隈本に「もう止しましょう。この商売は認められません」と言おうとしたが、言葉を呑み込んだ。隈本が肩を落として小鳥たちを見詰めていたからだった。それは妙に打ちひしがれた様子であった。

隈本はポケットの中をまさぐっている。そして、誰にともなくぼそっと言った。

「この鳥たちが兵隊たちに見えてきた。食べるものもなく、見知らぬ土地に放り出された……。僕もこの檻の中にいる」

どのように反応したらよいのか、由紀子には分からなかった。それは隈本の妄想であろうか。彼の頭の中に入ることが出来ない以上、安易に論評すべきではない。しかし、その発想の飛躍ぶりがまるで勝手であり、自己陶酔的であり、やや癇に障るものがあった。

「じゃあ、思い切って全部の小鳥を買い取って、逃がしてあげたらどうなのよ? 捕虜となって収容所にいる状態から解放したいのでしょ」

「そういうことを言っているんじゃない。自分の選択した虚構の世界を疑わざるをえない、この状況が、僕に何かを伝えようとしている。この鳥たちの中に僕自身もいる」

「……」

「檻から逃がせば、鳥たちは幸福なのだろうか。そうは思えない。彼等は帰るべき方向を失っているのだから……」

「……」

「お釈迦さまの前で空に飛ばされたからと言って、彼等が苦の世界から解き放たれるわけではないだろう」

隈本が誰にともなくつぶやき続けている。由紀子は「この人は何か勘違いしているのではないか」と思いながら、彼の独り言を聞いていた。

ムミンが隈本に近づき、いつものように物静かな口調で言った。

「私からも、ありがとうございます。小鳥さんたちは喜んでいます。売り子のお嬢さんも喜んでいます。多くの命が助けられて、空に飛んで行きます」

それを聞いて由紀子はますます納得できない思いが募ってきた。隈本が小鳥を買い取ったのは、観光客の好奇心からであろう。それが契機となって、彼は自分自身の思いを深化させているが、それは小鳥の命のためではない。束の間の哲学めいた思索は自己への懐疑に過ぎない。そこのところが混同されている。

そして、由紀子の頭の中にも幻想が去来した。檻の中の小鳥たちの群像に、補陀落渡海の小舟に乗った僧侶たちの姿が重なって見えた。箱に閉じ込められて外を見ることもできず、潮のままに無気力に流されていく姿であった。

「わたし、あの鳥たちを全部逃がしたくなったわ。いいでしょ?」と、由紀子はムミンの顔をのぞきこんで言った。

それに対してムミンは困惑したような表情を作った。が、すぐに微笑しながら諭すような口調になった。

「それはちょっと止した方がいいと思いますよ。これはこの国の仏教の大事なセレモニーです。ここを訪ねて来る人みんなが少しずつやることになっているのですから……」

ムミンの表情はやや不機嫌そうに見えた。

二人のやり取りを聞いていた隈本が、急に「よし、やろう」と言って割り込んできた。彼は由紀子の顔を睨みつけるようにしており、その口調は決然として明瞭だった。

「そうですね。やっちゃいましょうよ」

由紀子がそれに連動するかのように高い声を発した。

ムミンはこの観光客の破天荒な論理に、付き合い難いものを感じた。抗議の意を含んだ目で二人の行動を傍観している。しかし、それを止めようとはしなかった。

由紀子はミャンマー産の藁細工の財布から一万チャット紙幣を五枚つまみ出し、少女に手渡した。籠の中の小鳥たちのすべてを外に出すように、身振りで伝えた。少女はすぐにその意図を理解し、金属製のゲージを持ち上げた。

何のことはない、大きな鳥籠に見えたが、実は路上にかぶせて置かれているだけだった。自由の空が頭の上に広がったのに、小鳥たちは動こうとしない。やがて、ツバメに似た一羽が逡巡するように舞い上がり、他の鳥たちもふらふらと翼を動かした。

小鳥たちは僧院の天井や柱の周りを彷徨っている。それはいかにも頼りない姿であり、自分の拾った命の重さにうろたえているかのようにも見えた。

隈本は「やはりな」という思いでかれらを見送った。そのかたわらで、由紀子が「やったわ」とつぶやくのが聞こえた。

一方、ムミンは妙に乾いた気持ちでその姿を観察していた。自由を得たものの、行くべき方向を見定められぬ小鳥たちの困惑の中に、自分自身の姿もあるように思えた。

ミャンマー人の参拝者らはそんな小鳥たちを見上げたが、別段気にすることのない様子で寝釈迦像に掌を合わせ続けていた。（了）

漂流船

一

山形市に住む吉岡和男は十月のある日、朝刊の社会面の小さな記事に目を留めた。月山を越えた向こう側の庄内海岸に、一艘の木造船が漂着したという。船内にはハングル文字が入った遺留物があった。粗末なエンジンと船体の構造から、北朝鮮の漁船であると推定された。

彼は地方テレビ局を定年退職してから五年経つ。今さら世間の動きに敏感でいたいとも思わない。とはいえ、漂着する不審船のニュースには、無視できない後味の悪さがあった。

盆地の底から見上げる山々が、日ごとにくすんだ色に変わっていく。紅葉の季節を前に、木々はいったん沈黙し、呼吸を整えているのかのように見えた。

漂流船の数は次第に増え、新聞やテレビでの扱われ方が大きくなっていった。蔵王山塊が見事に色づいた十一月下旬、秋田、新潟両県にも北朝鮮の船が打ち上げられた。庄内海岸では一艘の漂着船から三人の男の腐乱死体が発見された。

吉岡は日本人の拉致事件を連想した。北朝鮮の指導者は〝過去の誤った指令〟だったことを認め、五名の被害者を帰国させた。しかし、大半の生死は不明である。事件発生から四十年経つが、解決への道は閉ざされたままだ。

吉岡は、ミサイル発射などの挑発行為を繰り返す「北朝鮮民主主義人民共和国」の存在を不気味に感じた。木造船の漂着を特集するテレビ番組は、それが拉致被害の再発の予兆であるかのように解説した。

――日本への潜入を試みた可能性があると言うが、北鮮工作員がハングル入りの遺留物を残すわけが無いだろう。漁業者が遭難し、船のみが漂着したに違いない。

吉岡はそのように推理した。無人の状態で発見された多くの船にも複数の乗員がいたはずである。「おそらく生きてはいないだろう」とつぶやきながら、彼は傷跡生々しい木造船の姿を想像した。荒波に翻弄され、進むべき方向を失った乗員たちの境遇を思うと、端倪《たんげい》すべからざる情がわく。

一艘や二艘ならともかく、十艘を超えて相次ぐ漂着である。何か特別な事情によって駆り立てられ、荒海に放り出されたのにちがいない。それは漁民として培ってきた経験をかなぐり捨てるような無謀な行為である。

十二月に入り、雪を運ぶ厚い雲が山形盆地の空を覆うようになった。大学生の頃に史学専攻のクラスで同級だった東京在住の武田則之から電話があった。

「しばらくだな。元気でやっているよな。一人住まいで気楽な毎日なんだろうな。ちょっと頼みがあって電話したんだけど、今、いいかい」

武田は挨拶もそこそこに、庄内海岸での木造船の漂着を話題にした。彼は自分の目で船の状況を確認したいらしい。その案内役を吉岡につとめてほしい、つまり現地まで連れて行けという依頼であった。

武田は保険会社を退職した後、カルチャーセンターのカメラ教室に通い、もっか一眼レフの操作に熱中している。おそらく、撮影道楽の対象として、破損した木造船に興味を抱いているのであろう。

「不審な木造船は地元の警察で調べた後、県当局が管理し、一般市民向けに展示していると言うぜ。その現地まで連れて行ってくれると助かるのだが……」

「ちょっと待てよ。不審な船を警察で調べることはあるだろうが、一般公開しているなんて話は聞いたことがないぞ。東京の新聞にはそんな無責任な記事が出ているのかね。第一、現地と言うけどね、君も知っている通り、酒田や鶴岡がある庄内地方と僕が住む山形市では同じ県でも生活圏が異なるんだよ」

「いやあ、それは分かっているさ。こちらの情報も正確じゃない点があるかもしれない。でも、県の責任で保管していることは間違いないようだ。なんでも庄内支庁とかいう県の役所で壊れた船を次々に持って行ったそうだ」

「その情報も怪しいな。いくら小型と言ったって、日本海を渡って来た漁船じゃないか。それを持ち上げて陸上で運ぶのは容易ではないはずだ。そんなことがあれば、地元テレビのニュースで取り上げている。君は想像で適当なことを言っているんじゃないのかね」

「僕はそういう記事をチラッと見た記憶があると言っているのさ。君はテレビ局に勤めていた経験があるのだから、その気になれば詳しい情報に接することができるだろう。とにかく、日本海を渡って漂着した北朝鮮の船がいま、どこに置かれ、どこが管理しているのかを調べておいてくれないか。僕は来週の日曜日に山形まで行くので、都合をつけて協力してくれよ。実はもうホテルを予約している。悪いけど頼むぜ」

武田はいつもの調子で、自分の都合だけを述べ立てて電話を切った。

「相変わらず、わがままな奴だ」と思いながら、吉岡は頬がゆるむのを覚えた。

武田は学生時代に何度も講義ノートを写させてもらった親友である。真冬の山形にわざわざ出かけて来るという。その依頼となれば、無碍には断れない。

雪国の小規模な農林家の次男に生まれ、学習塾のアルバイトで大学の授業料を稼いだ吉岡にとって、武田の存在なしには卒業はおぼつかなかった。理由は何であれ、彼の来訪は嬉しいことだった。

「よし、わかった。調べてみることにするか」。吉岡は二ヶ月以上ため込んで部屋の隅に積んである地方新聞を読み返し始めた。

一人暮らしの吉岡には離婚歴がある。今住んでいる七日町のマンションに移ってくる前は、公舎が並ぶ地域の一角にある庭付きの住宅に住んでいた。そこには妻子が一時的に同居したが、次男が成人したのに合わせて離婚し、土地建物を売却した。

三十年間の夫婦生活で蓄えた資産は、転勤以前に住んでいた東京世田谷区のマンションと、山形市緑町の一戸建ての家屋と預貯金であった。離婚調停にしたがい、妻とそれらを分けた後、彼は新築マンションの二部屋をローン付きで買い取った。その一室に自分が入居し、片方は貸している。一人暮らしの老後の経済を考え、年金の他に安定的な収入を得るための選択だった。サラリーマンの退職後の生活設計としては悪くはないと打算している。元妻とは顔を合わせないが、二人の息子と娘とは時々連絡を取り合っている。

離婚に関しては不愉快なことが多々あったが、それは夫婦の間のことであり、他人には説明が難しい。親友の武田にも、くわしい事情は話していない。武田も訊こうとはせず、会話がその部分に触れる時、どちらからともなく「もう済んだことだからな」と言って深入りしなかった。

数日後の朝刊に興味深い記事が載った。県の港湾担当部が漂着船を解体し、内部構造を詳細に調べたという内容だった。船体を一般向けに展示しているというのは武田の誤解であり、持ち主が現れるまで行政事務の一環として一時保管していたらしい。

と言っても、実態は海岸に放置しているだけのようである。拾得した遺失物の管理に所定の期限が来たので、県の責任において解体処理することになったらしい。おそらく外事捜査当局の要請もはたらいての措置であろう。

解体された木造船は十月下旬に相次いで漂着した三艘のうちの一艘だった。全長七メートル。幅二メートル。船底が平盤であることが構造上の特徴である。船体の中央部に小型のエンジンが設置されているが、それは赤さびで覆われており、メーカーも製造年月日も判然としなかった。

報道によれば、県当局は漂着船の資料写真を東京の日本船舶工業会に送り、詳細な鑑定を依頼したという。その結果、日本のメーカーが半世紀以上も前に小型化に成功したディーゼルエンジンの模造品であることが判明した。

中国で製造されたこのタイプの発動機が東南アジア各地で販売されたことがあった。それは主として河川や沿岸部の漁業用に使用され、一九八〇年代に五百万台以上も普及した実績があるという。装備の機械化が遅れている北朝鮮の漁民が、現在もこれを利用していることは不思議なことでもない、と新聞は伝えていた。

その新聞記事は末尾に専門家の談話を二

人分掲載していた。船舶工業会の鑑定担当者は「沖合での運用にはまったく性能不足である」と指摘し、県漁協の役員は「船底の構造は、荒波を受けると転覆しやすい。このような時代遅れの船で沖に出るのは自殺行為だ」との見解を寄せていた。

これらを読み、吉岡は不快な印象をつのらせた。そのような船の残骸を、現地でまぢかに観察したところで、自分の気分が滅入るのは目に見えている。

――武田はいったい何を考えて、難破して破損した船にこだわるのだろうか。

大学時代から探求心が旺盛だった同級生の執拗な好奇心の背景にあるものを吉岡は訝った。

約束の日曜日が来て、彼はＪＲ山形駅に近いホテルに武田を迎えに行った。街を白一色に染めた降雪はひと段落したようである。が、盆地の空から断続的に細かい雪がちらついて来る。

天気予報では「午後から晴」と言っている。街路の積雪はまだ十分には片付けられていなかった。

助手席に乗り込んだ武田の吐く息に酒の匂いがあった。

「このたびはお世話になりますよ。やはり雪がけっこう積っているじゃないか。昨日の夕方に山形に着いて、毎度のことながら驚いた。念のために折りたたみ式の長靴は用意してきたけどね」

「三日前にこの冬初めての雪が降ったんだ。お客さんの歓迎の印だと思ってほしい」

「そいつはありがたいね。初雪はどこで見ても美しいものらしいけど、山形では重くて苦しい季節の始まりだ」

武田は外部の者の気楽さから無責任なことを言う。そして、久方ぶりに訪れた城下町の街路をしきりに目で追っていた。

「昨夜はどうせ、七日町のかげろう亭だろ。何時までやったんだい」

「十時の閉店までさ。君が現れるのではないかと思って待っていたけど……。わざわざ呼び出すのも無粋だからな」

武田は行きつけの小料理屋のかげろう亭のママを相手に飲んだあと、一人で深夜バーにも行ったらしい。どうせ、そういうことになるだろうと思い、吉岡は店には行かなかった。庄内で一泊するのに合わせ会席料理を予約済みだ。武田もそのあたりを察して連絡してこなかったようだ。

武田は山梨県の出身であり、同じ山国育ちということから大学入学後にすぐに仲良くなった。彼は二年生の二月に吉岡の郷里である寒河江市の家に泊まりに来たことがあった。その時、武田は「甲府盆地とは比べ物にならない」と言って夥しい積雪に顔色を変えた。また「ここの言葉は一体、何なんだ」と言い、会話を聴き取れないことにショックを受けていた。しかし、その後、吉岡の故郷をからかうようなことを一切言わなくなった。

吉岡はそんなことを思い返し、見なれた街の雪景色の中を走った。大学で西洋史を学んでから、すでに半世紀近くが経っている。その年月の厚さに溜息をついた。

「低い山々のつくる景観、身近に湧き出す温泉、山菜をふんだんに使う食文化が魅力だ」と武田は言う。自分の郷里の甲府盆地から眺める南アルプスの厳しい姿とは一味違う魅力があるらしい。吉岡は自分が誉められたような気持になるのだった。

「ところで、日本海方面を目指す前に、一件済ませたい用事がある。ちょっとご機嫌をうかがっておきたい老人がいるんだ。君から電話がある前に面会を約束していたので、付き合ってくれないか」

「わかった。それはTさんだろう。以前、県知事をしていた……。君にとっては大事な付き合いだからな。おれは喫茶店で時間つぶしていようか」

「いや、君も一緒にいてもらっていいよ。隠退した者同士の薄い交わりだ。世間話をすれば、それで済む」

そう言って吉岡は東に向って車を走らせ、七日町一番街の奥で止まった。そこで菓子折を買って運転席に戻り、今度は南の方角に車を向けた。

助手席の武田は小声でぶつぶつ言いながら、日本海沿岸の漂着船に関連する資料を膝の上で開いている。彼は東京で仕込んだ知見を披露したいようだが、吉岡はあえて無視した。今はT老人と何を話すかを考えたい。

細かい雪がまた降り始め、勢いを増してくる。吉岡は白いヴェールの彼方に鋸歯《きょし》の模様を描く雁戸山を見上げた。

二

T老人は在宅だった。二週間近く前に手紙で伝えていたので、吉岡の来訪を心待ちにしているだろうと思ったが、そうでもなかった。

玄関先で応対した体格の良い奥方は「あら、今日だったかしら」と、演技でなく本当に意外そうな表情をして言った。そして「しばらくね。御無沙汰しておりまして……」と、親しみのこもった挨拶をした。

奥方に呼ばれて居間から出て来たT老人は、眠りから覚めたばかりのような顔つきで、灰色のガウンを羽織っていた。しかし、八十歳の半ばを過ぎたというのに、長身の背筋がぴしっと伸びている。「着替えるから一寸待ってください」という言葉も明瞭だった。やがて、濃紺の和服に身を包み、黒足袋を履いたダンディな姿で応接間に現れた。

「いやあ、今日は日曜日だったかの。貴方がいらっしゃることは分かっていたが、それが今日だったとはの。最近、曜日の観念がなくなっての」

老人は、照れくさそうに暢気なことを言った。

「こちらは武田君です。大学の同級生でした。山形に用事があって昨夜着いたので、一緒に連れて来ました」

吉岡はそう言って武田を紹介した後、「Tさんは相変わらずお元気そうで何よりです。顔の色つやもいいですね。いくぶん日焼けしているようにも見えます。今年も蔵王のスキー場に出かける予定ですか」とお世辞にも似たあいさつをし、机に菓子折を置いた。

「いやあ、スキーはもう……。すっかり齢をとっての、毎日が日曜日だからの。来られることを楽しみにしていましたが、失礼しましたの」

話し言葉のセンテンスごとに「の」を付けるのが、老人の口癖である。この地方の言い回しというよりは、婉曲にものを言うために考え付いた独自の話法なのではないかと吉岡は思っている。

T老人は新顔の客がどういう職種の男なのかが気になっているようだった。ジャンパー姿の武田の容姿を観察しながら「ご用事というのは、お仕事の関係ですかの」と訊ねた。

「私は損保会社を定年退職し、もう三年になります。いまは団体の顧問をしています。山形に用事というのは仕事のことではなく、写真に撮りたいものがあって来ただけです」

「東京の本社にお勤めでしたかの」

「本社の監査部門にいたこともありますが、基本的には全国をドサ回りした営業の転勤族ですよ」

武田は老人の人定質問に如才なく答えている。吉岡はその会話を引き取った。

「この人が庄内海岸の木造船をどうしても見たいというのです。かつての損害保険の仕事のクセなのか、難破船に興味があるようでして……」

老人はしばらく何のことかというような顔をしていたが、「ああ、漂流船のことかの。あの朝鮮からの……」と、思い出したように反応した。そして、まずはその話題になった。

白いレースのカーテン越しに見える庭石に雪が積もっていた。降雪は勢いを増している。応接間は明るく、蛍光灯を点けるほどでもない。注いでくる外光の中で、T老人は背もたれのある椅子にゆったりと腰かけている。彼は愛用のパイプを握りしめながら、莨には火をつけなかった。

「海岸の管理は基本的には国の仕事だ」と、T老人は行政事務の仕分けについて話した。港湾の整備や遺留物の管理は県に任されるが、浜辺に散乱したゴミは市町村が集める。しかし、それは国からの委任事務であるという。

「武田君は、木造船を県の責任で展示していると思ったらしいです。実際には放置なのですけど……」

「いや、放置というわけでもなかろう。所有者が名乗り出るのを待って一時管理している状況だろうの。しかし、漂流船の今後はどうしたものか。県から引き継ぎ、市町村で処分するにしても、金がかかるだろうの」

老人は漂流船の処分に関する公費支出のあれこれを思案している。そして「着岸の目的は何なのか。まさかスパイというわけでもなかろう。これも何、国際化のあらわれですかの」と言って笑い、その冗談に客も同調するように求める様子だった。

応接間は老人の書斎を兼ねている。大きな机が二つあり、書籍が雑然と積まれている。その奥のガラス戸付きの本棚には、重要文化財や城郭の写真を載せた大判の本が並ぶ。老人が背にする壁には、宮本武蔵の鵙《もず》の水墨画の複製が飾られていた。

「ずいぶん、勉強を続けておられるようですね。いつもながら、机の上に政策関連の書籍が多く積まれているのに感心します」

「齢をとっても気になることはあっての。戦後の食糧難の時に育ったから、食べ物の確保や人づくりが一番大事と思っている。農業と教育に関する政策はいつまでも気にかかる」

老人は客の二人を前にして、農業政策がいかに県にとって大切かを説き始めた。そして、国の方針のめまぐるしい変化によって、地方公共団体が振り回されてきたことをしきりに嘆いた。地域共同体と家族農業が崩壊した一面を否定できないという。「ひたすら国の補助金に頼ってきた県農政の功罪については、なかなか結論が出せないの」と言った。

県職員として約四十年、さらに副知事となり、県知事として三期十二年をつとめたキャリアがある。隠居暮らしとなってからも、経営規模の拡大を迫られる県内農業の将来像をあれこれ思案している様子である。その学究心と責任感に、吉岡はいささか胸打たれるものがあった。

吉岡も武田も農政には門外漢であり、T老人の話を一方的に聞くだけだった。老人はコメの生産調整に特に多くの疑念を抱いていた。せっかく農家が育てた稲穂を早期に刈り取り、そこに補助金を支給する「青刈り」に対して、「子供たちには見せることができないぞ。実に愚かな政策だ」と怒りを含んだ声で言った。

それを転機に県下の初等教育の話題に移った。老人は「小中学校の教員を養成するのは地元の責任であり、各県の国立大学に教育学部を置き続ける必要性がある。これから人口減少が進み、大学の制度改革が進むだろうが、地方としては譲れない一線だ」と持論を展開した。

そこで会話が一段落した。

「ところで、朝鮮半島から漂着する船はどんな形をしているのかの。だいぶ粗末なものらしいの」

「全長七メートルぐらいと新聞に出ていました」

「そんな小さい船がよくも日本海を渡って辿り着いたものだの」

それまで黙っていた武田が、待ってましたとばかりに口を開いた。

「海上で方向を失い、漂ってきたのです。船底が平らなのが特徴です。竜骨の材がしっかりしていないようです。入り江や湾などの近海漁業にしか向かないのに、愚かにも遠洋に出てきたようです」

そう説明した後、武田は何を考えたのか「海岸に着いた船は傷だらけであり、崩れた木の葉の形だそうですよ。波浪とたたかい疲れた最晩年の姿そのもののようです」と言った。

T老人は「傷だらけで岸に打ち上げられるのは、人生に似ていますな」と応じたが、武田は「そうですね。予期せずに負ってしまう多くの傷。その中には〝笹かま疑惑〟なんていう変なものもあるかも知れませんね」と追い討ちをかけた。

この皮肉に満ちた軽口を聞いて、吉岡は自分の体がピクッと反応するのを覚えた。

「君は何を言っているんだ。破損した船の形は詳しく分からない。だから、現地まで調べに行くのじゃないか」

とっさに割って入った吉岡の語調は思わずきつくなっていた。

「これから庄内まで、この雪の中なのに車を飛ばしてくれと、この人が言うのですよ。僕はいささか迷惑なんだけど……」。

老人の顔には別段の反応はなかった。「笹かま疑惑」の語も聞こえていないのかも知れなかった。寒風吹き寄せる日本海の海岸まで、二人が出向くことが余程面白いらしい。老人は「それはそれは、物好きなことですのう」と言い、しばらく声を出さずに笑い続けた。

応接間の扉がノックされ、「いただきものですが……」と言いながら、奥方が紅茶と茶菓子を運んできた。そして、「あら、電気もつけずにお話が弾んでいますね」と、壁のスイッチを入れた。

老夫婦ともに曜日の観念が乏しくなり、しょっちゅう失敗をするという笑い話になった。東京の日本記者クラブで会食の約束があって出かけたが、夜の席だったのをランチ会合と誤解し、クラブの受付担当を狼狽させたうえに、待ちきれなくなって山形に帰って来たことがあったらしい。

「九十歳の翁ですからの、いろんなことが起きますよ。皆さんも齢を取ると分かりますよ。私が気づかぬうちに失礼があったらお詫びします」

老人はこの時ばかりは無理に標準語を使い、頭をぺこりと下げて見せた。口調はていねいだが、人を食ったような鷹揚さがある。軽い仕草の中に、行政の要職を歴任した者の自信が漂っていた。

老人はテレビ局を退職した後の吉岡の暮らしぶりに関心があるようだったが、離婚の経緯の話は避けたい。吉岡は「では、これより庄内の難破船の探検に向かいます」と言って腰を上げた。

「そう急ぐことはなかろう。昼飯でも一緒にどうかの。海岸で朽ちている船は動きはせんぞ」

老人が客を引き留めるのはいつものことだが、この日はやけに執拗な感じがした。東京からも見物人が来る漂流船に興味が沸いてきたのだろうか。

武田がまた余計なことを言った。

「いやあ、ありがとうございます。しかし、雪もどうなるか心配ですし、明るいうちに木造船を見物しないことには、雪深い僻遠の地までわざわざ来た甲斐がありませんよ」

彼はさらに何か言いたそうだったので、吉岡はそれを制した。そして「どうか風邪など引かれぬよう、お元気でお過ごしください」と老夫妻に言い、「さあ、行くぞ」と武田をうながした。

細かい雪は止む気配を見せなかった。門前で車の方角を変えている時、オーバーを羽織り、コザック帽をかぶったT老人がわざわざ見送りに出て来た。

「時間があったら、この男に連絡してみてください。道案内ぐらいはするだろう。庄内は海岸線が長いからの。北朝鮮からたどり着いた漂流船も容易には見つかるまいて」

T老人はそう言いながら運転席の窓越しに、人名と電話番号が鉛筆で書かれた紙片を渡してよこした。吉岡は「ご親切、恐縮です」と礼を言い、座ったままで頭を下げた。

車を発進させてから武田が口を開いた。

「小雪が舞っているのに、見送りに出て来たね。あの黒い毛皮の帽子は高級そうだった。齢は取っても鯔背《いなせ》だ。というよりは、いつも格好をつけている傾向があるな」

「きちんとしているよ。いつも誰かに見られている、と思うのかも知れない。元知事としての誇りがあるのさ」

吉岡は「やはり、武田を連れて来るべきではなかった」と思った。武田がT老人の貫禄と博識に押し負けまいと思った気持ちはわからないでもない。しかし、皮肉交じりの軽口をたたいたのは、いかにもまずかった。

が、武田はどこ吹く風の態度である。助手席で口笛を吹きながら首を傾け、雪のカーテンの向こうに目を凝らしている。どうやら大きな握り飯の形を中空に浮き上がらせる千歳山《ちとせやま》に執着しているようだった。

三

吉岡は東京の私大の文学部を卒業し広告会社に就職したが、四十歳代の半ばを過ぎた頃、大手テレビ局の傘下で山形市に拠点を置くローカル放送局に転じる機会があった。部長級の給与をもらう総務兼経営戦略の担当という当て職であった。

すでに本社での栄進には望みがなく、降って湧いたような故郷への転出人事に感謝する思いだった。都心の満員電車の通勤地獄からも逃れたかった。

当初は、広告会社から出向扱いの給与補てんを受けた。それが打ち切られ、テレビ局の役員待遇に昇進したのを機に庭付きの中古住宅を買った。東京育ちの妻と子供たちは山形への引っ越しを渋ったが、二年後には一家五人が一つの屋根の下にそろうようになった。

その頃、人々の好奇心を掻き立てる県庁のスキャンダル報道があった。大きく掲載したのは仙台に本社を置くブロック紙だった。これに刺激を受けた全国紙が追随し、山形の地方紙や放送局も半年間にわたって騒ぐことになり、「笹かま疑惑」と呼ばれた。

二年半ほど前にゼネコンと呼ばれる大手建設会社の幹部から、県知事に対して二千万円が手渡された——という内容であった。その金は受け取りを拒否されたが、仙台名産の笹かまぼこの箱詰めを偽装して持参されたという。その贈賄申し込みの手口の滑稽さが、東北地方ならではのエピソードとしてマスコミに揶揄された。

このような手法が慣例化していたのではなかろうか。ひょっとすると〝笹かま方式〟などと呼ばれる前時代的な贈収賄が、山形県の行政をむしばんできたのでないか。

当時、吉岡はそう考えた。県行政のトップである知事が贈賄のターゲットにされたことは、山形県民の全体が建設業界からばかにされたことに等しい。このような愚劣な事態が生じた背景を徹底的に解明すべきである。

行政トップに届けられた金の意図には、どのような事件性があるのだろうか。贈賄金の受け渡しが成立しなかった以上、申し込みの事実と趣旨が明確に残されていなければ、刑事事件としては成立しがたいだろう。とはいえ、このような邪悪な誘惑を受けやすい体質を県行政が持っているとするならば、有権者の一人として恥ずべきことである。

そのような県民感情を受け止めるマスコミは、疑惑の話題性をふくらませることに注力した。その流れは当然のことながら、県行政の不透明さへの批判につながった。

吉岡が勤めるテレビ局も県内ニュースの時間帯を持っていた。しかし、それは動画の説明に終始することが多く、笹かま疑惑の事実解明については新聞記事をなぞる程度であった。

物足りなく感じた吉岡は、地元紙と全国紙の地方版の続報を克明に読んだ。記事を切り抜いてはスクラップ帳に貼った。彼は「この稀有な出来事の始末から目をそらすべきではない」と思った。しかし、彼の好奇心は一向に満たされなかった。

疑惑の発端となったのは、宮城県で起きたゼネコン贈収賄事件に関する検面調書であり、後に有罪判決を受ける大手企業のA役員の供述だった。

Aは検事の調べに対し、「東北地方の地方自治体が発注する大型建設事業の担当であり、他社との競争に勝つために、これまでの慣習に従って多くの金品を使用した」旨を供述したのだった。その工作の多くは失敗の事例だったが、山形県内での大型公共事業が含まれていた。ゼネコン側は地元の有力政治家や県庁幹部に金品を届けることによって受注競争を有利に運ぼうと構想し、これを実行したという。

失敗したとはいえ、実に無神経きわまりない話であった。その大手建設会社のやり口があたかも常套手段であるかのような供述が、マスコミの追及意欲を掻き立てた。建設業界というのは、このような倫理意識の欠けた競争に狂奔しているのだろうか。吉岡はその厚顔無恥ぶりに怒りを

覚えた。有権者としての自分のプライドが傷付けられる思いだった

報道を総合すると、Aはその年の春ごろから山形県内で情報収集の活動を始め、一連の工作の指南役として土木建設業界の専門紙の地域責任者だったB代表を起用した。Bは専門紙の経営者として県庁に出入りしており、幹部多数と面識があったからである。

彼らが共謀して狙ったのは行政トップに君臨する知事であった。黒いカネを知事に確実に届ける手法が時間をかけて検討された。万が一に発覚した場合に備え、贈賄の趣旨を曖昧にしておくことが肝要と考えられ、政治献金を装うことになった。

AとBは市内の飲み屋などで会談し、金の運び屋となる者を選定することにした。そして、県庁内で親しくしていたC特別職に白羽の矢を立てた。B代表から知事への届け物の形を取り、C特別職はその中身を知らずに知事宅に運ぶ――という筋立てが発案された。

工作が成就すれば、知事が金の趣旨を問い合わせる。その時点でゼネコンは知事と誼《よしみ》を通じることに成功する。そして、来るべき大型事業の受注に特別な便宜を期待できる――という胸算用だったという。

県議会でもこの疑惑を追及することになった。県民の多くが注視した。吉岡は傍聴に出向いてみたが、その全員協議会での議論は「じれったい」と言うほかなかった。

知事は親しい県議の面々と頻繁に冗談を言い合った。その余裕に引きずられ、真相は一向に解明されなかった。

吉岡は新聞記事に登場する証言や説明を自分自身の視点で辿り直す必要性を感じた。彼は消息筋に対する聞き込みにより、少しでも疑惑の真相に迫りたいと考えた。東北地方の自治が馬鹿にされたようであり、そうせざるを得ない気分だった。

と言っても、ジャーナリストの訓練を受けていない吉岡にできることは、人々の噂話をつなぎ合わせることだけであった。不正な工作を行ったAとBが、最初に謀議した場所が七日町のかげろう亭であることを知った。彼は足繁く同店に通い、親しくなったママから疑惑の周辺のエピソードを聞き出そうとした。しかし、水商売の職業人のモラルにこだわるママの口は固かった。

ただ、疑惑報道の直後、知事がかげろう亭を訪ねて来たことがあり、「この店だったのか…」と言ってすぐに立ち去ったという話はおもしろかった。愚劣な工作の標的となった知事自身が、自分の足を使って事実関係をたどっていることを知った。

吉岡は学生時代に西洋史のゼミにいて、歴史地理の推理法を学んだことがある。恩師の指導を思い出しながら噂の真相を追い求める作業に没頭した。それは若さを取り戻すような興味深い作業だった。やがて、笹かま疑惑に関係する登場人物のおおよその足取りに迫ることができた。

出来事の概略が具体的に姿を現してくると、それは余りにも茶番劇というほかはなかった。かき集めた材料は穴だらけである。しかし、「当たらずとも遠からず、というところまでは来た」と吉岡は思った。

ゼネコン側からの贈賄申し込みは二年半前の夏の土曜日の午後に行われた。知事が出張中の日を選んだC特別職が自分の畑で収穫した野菜類とともに、一個の手提げ紙袋を持参した。応対した知事夫人と娘に対し、Cは「知事がよくご存知のジャーナリストのB代表から預かりました。私は中身について知りません」と告げた。紙袋の受け渡しを知事も承知している、と思わせるような口ぶりだった。C特別職が自家栽培の野菜を届けに来るのはいつものことだったが、この日はカモフラージュの効果があった。

知事夫人は疑うことなく受け取った。袋の中身をあらためると、笹かまぼこの箱詰めが一個あり、さらに小さい長方形の物体が風呂敷にくるまれていた。夫人は笹かまぼこを取り出して冷蔵庫に収め、風呂敷包みの方は手提げの紙袋入りのまま居間の棚の上に置いた。

翌日の日曜の夜に出張先から自邸に戻った知事は、建設業ジャーナリストのB代表が関与していることを知り、その無神経な意図を推測した。「すぐに嫌悪の感情が沸き起こった」と後に語っている。知事は翌日、C特別職を呼んでその軽率な行為を叱責するとともに、「贈られたものをそのままの形で、同じ道筋をたどって返却せよ」と命じた。知事はその時の心境を一枚の便せんに記しておくことにした。その内容は山形地方検察庁も確認することになるが、詳細は県民に明らかにされなかった。

知事は釈明ともいうべき記者会見の場で「中身は確認しなかった。相手の名を聞き、貰う理由がまったくないので、そのままの形で返却した」と語った。しかし、金額までは確認せずとも、現金であることを類推したのではなかろうか。だからこそ怒ったはずである。しかし、この点が曖昧にされたことが、「知事は本当のことを言っているのか」という疑問を投げかけ続けることになった。

「そのままの形で返却」と言っても、食べてしまった笹かまぼこは元には戻らない。C特別職は現金入りの紙袋を知事室から回収すると、和菓子の老舗に出向いて箱詰めセットを買った。返せなくなった笹かまぼこの代替品である。これを添えてB代表に返却したことが分かっている。

つまり、贈賄の工作は完全な失敗だった。現金二千万円はゼネコン側に返還され、このことはA役員の供述調書にも記録されている。簡単にまとめれば、大手建設会社の大胆な贈賄申し込みが発端であり、分別の足りない県幹部がこれに振り回され、知事の判断によって犯罪が防がれた、ということになる。

社会問題としての笹かまスキャンダルはここから始まる。〝かまぼこの箱に詰められた札束〟の報道は、時代劇ドラマに出てくる悪代官と商人のやり取りを連想させた。これを茶番劇として一笑に付すことはできない。案の定、オンブズマン（行政機関を外部から監視する者）を名乗る市民グループが贈賄申し込み罪の疑いで建設業者を訴えた。山形地方検察庁は告発を受理し、県警に捜査を指示した。

嫌疑を受けて捜査の対象となるのはあくまでゼネコン側である。しかし、贈る側と受ける側があって事実が構成される以上、行政側も事情聴取の対象となった。報道機関のニュース取材は知事とその周辺に集中することになった。

知事が関係する政治団体への献金が一斉に点検され、建設業関連のものが特筆された。多くは法令にかなった経理処理がなされていたが、報道されるたびに知事と業界との結びつきを暗示するものとして印象付けられた。

報道には権力に抗う姿勢が期待される。だが、時にそのスタンスは人々の好奇心を煽る傾向となり、安易な称賛を求めて流動する。吉岡はそんな思いを抱きながら報道機関の取材合戦を見まもった。

テレビの映像の中でいつも不愉快そうに微笑する知事の姿があった。知事はいつも緩慢な口調であり、あいまいな例え話をしては若い記者たちの質問をかわした。その態度にはいかにも作られた余裕が漂っていた。

知事が「現金であることを全く認識していなかった」と説明するのが、吉岡には信じがたかった。当初にそのように明言してしまったことが、追及を招いている。知事はなぜ、「愚劣な贈賄申し込みを敢然と突き返した」と言わなかったのか。潔癖性を強調し過ぎたことがアダになっていた。この人は今、自分の言葉が招き寄せた疑いの中で漂流し、相当な忍耐を強いられている。吉岡はそのように見た。

彼は噂の渦中で苦悩する知事の胸中を想像した。地方権力者というよりは一人の社会人として、自分の言葉のつじつま合わせに苦慮している。

贈賄の意図があったのか、単なる政治献金の申し込みなのか。知事宅に届けられた二千万円の趣旨が噂になり続ける中、県行政は新年度を迎えた。知事は庁内放送を通じて職員一同に訓示した。その内容はきわめて晦渋だった。

「特に私事になりますが、県民の信頼を損ねるようなことがありました。……青山元不《せいざんもとふ》動《どう》。白雲《はくうん》自去来《おのずからきょらい》……　みなさんも日常の公務の執行にあたりまして、それから個人的な考え方にいたしましても、この言葉を噛みしめていただきたい」

知事が何を言いたいのか、県職員も一般市民も首をかしげざるを得なかった。翌日の朝刊では地元紙だけが庁内放送の内容を伝えた。しかし、引用された禅語の解釈を避けていた。それが却って吉岡の好奇心をあおった。

空高くそびえ立つ青き山。漂ってくる白い雲……　その禅語はあたかも悠大な自然風景を描写した一句のように思える。が、青山は「自己」であり、白雲は「誘惑」や「風聞」を意味しているのではなかろうか。

吉岡は自宅の本棚にあったコンサイス版の禅林句集を開いてみた。この禅語の出典を示す「會」の略号は『五燈會元《ごとうえげん》』という中国古典の禅書を示す。吉岡は知り合いの禅寺の和尚を訪ね、この禅語について訊いてみることにした。

その寺は県庁に近い千歳山の懐にあり、東北地方には珍しい孟宗竹林の景観で知られていた。吉岡と同年配の住職はアイデア豊富な人物であり、「山形さくらんぼ七福神」なる新観光名所を創作し、自分の寺をその中心に組み入れていた。吉岡はそのテレビ・コマーシャルを受注したことがあり、住職とは顔見知りだった。

四月中旬だというのに、境内の残雪はおびただしかった。竹林が雪の重さで様々な形に屈折しているのを見た。剃った頭に手拭いをかぶり、作務衣に長靴姿の住職が、参道にこびりついた残雪を除く作業に追われていた。

「やはり来たな。知事の訓示のことだべえ」と、住職は吉岡の来訪の目的を察するのが早かった。県庁の広報課の職員が同じ質問をかかえて飛び込んできたという。

『五燈會元』は中国南宋の禅僧・大川普済《だいせんふさい》の撰著であり、同寺の蔵書の中にも含まれていた。その頁を追うと、「青山」の一句の出典となった文言が見つかった。しかし、上の句は「青山元不動」で禅林句集と同じだったが、下の句は異なり、「浮雲任去来」と記されていた。自己の精神を研ぎ澄ましていれば、いかなる煩悩もおそれることはない——の意味だろうか。禅の境地を端的に示す言葉であると思われた。

笑顔を絶やさずに説明する住職は青い布表紙の書籍を閉じると、「勉強になったかな。貴兄も日曜の朝の座禅会に来てみたらどうかな」と気さくに言った。

この禅語を知事訓示にあてはめれば、公務にあたる人間、つまり自分と県職員たちが「青山」であろうか。笹かまに象徴される非常識な誘惑が「白雲」または「浮雲」ということになる。

さらに言えば、愚かな世間の風聞など相手にしないぞ、という高邁な境地を示しているのだろうか。茫洋とした白い雲の形から、ふにゃふにゃした紡錘形の笹かまぼこを連想し、吉岡はくすっと笑った。

消息通の住職によって、知事が別の禅寺の早朝座禅会に足繁く通っていることを知った。また、知事は昼休みに「千字文」などをテキストにした習字の稽古を欠かさないという。吉岡は禅林句集から言葉を選びながら墨を擦る、悩める男の姿を想像した。穏やかであろうはずがない、その胸中をあれこれ想像し、妙な親近感を覚えた。

四

雪は大降りというほどではない。が、間断なく盆地に降り注いでくる。それは長閑な白銀の景色の上に「冬」という言葉の重苦しさを刻一刻と加えていくようだった。

「北朝鮮の漂流船を実地に見たい」という武田を助手席に乗せた吉岡の車は高速道路を庄内方面に走行している。

吉岡は窓外の雪野原を眺め続けた。積雪の下にある広大な水田を想像すると、減反の是非について語ったT老人の熱っぽい口調がよみがえってくる。

寒河江に通じるトンネルを過ぎたところで、吉岡は「君はさっき、かなり失礼だったよな。ご老体はもう公けの人ではないのだから、笹かま疑惑の語を出して反応を試すようなことはするべきじゃないだろ」と、攻め口調で武田に言った。

「いやあ、ごめん。後悔しているよ。つい口が滑ったんだな。僕もあの事件とは無関係じゃなかったからね。許してくれ」

武田は自分の軽率さを反省しているようだ。たしかに彼も笹かま疑惑と縁がないわけではない。吉岡が「青山元不動。白雲自去来」の言葉の意味を追っていた頃、彼は保険会社の支店の出張監査のために山形に来る機会があった。その折、吉岡は禅林句集を見せて武田の感想を求めたことがあったのである。

当時の武田の論評が皮肉に満ちていたことを吉岡は覚えている。「この禅語が一般論として言いたいのは、主として〝青山〟のことなのか〝白雲〟のことなのか。そこのところを説明してくれないと、解釈に困るね」と武田は言ったのだ。当の本人はもうそんなことは忘れているに違いないが……。

「あの頃、名前だけの新幹線で山形まで来ると、その先の新庄へは鉄道便がなく、バスを利用するほかなかったな。ちょっと驚いたよ」

当時、山形新幹線の車両のスケールに合わせ、レールを設置し直す工事が行われていた。このために奥羽本線の一部が半年近くも利用できなかった。当時、支店の案内で最上川下りに出かけたという武田は、この不便きわまりない事態を平静に受け止める県民の寛容さを不思議に思ったという。

その頃、山形県庁では、副知事と出納長の両特別職が「人心一新」を理由に辞職を求められる騒ぎがあった。五月に招集された臨時県議会で、知事から突然のトップ更迭人事に関する説明が行われた。そこには笹かま疑惑が影を落としているのは明らかだった。

武田はそのこともよく覚えていた。彼はこの時、県行政の混乱ぶりについて本社宛のレポートを作成するように、支店長に依頼したという。

特別職二人はゼネコンから知事への献金計画があることを事前に知っていた疑いがあった。両人ともそれを強く否定したが、県行政への信頼を失墜させるには十分すぎる噂であった。

当時のテレビの画面は、県民への謝罪を繰り返す知事の姿を再三にわたって映し出した。しかし、特別職の二人が具体的にどのように笹かま疑惑に関与した疑いがあるのか。その点をニュース番組は報じなかった。

山形県の出来事をいつも冷ややかに眺めている全国紙の支局長がいた。彼は吉岡と同じように、「青山元不動」の禅語に興味を持ったらしい。彼は新聞の地方版コラムで「笹かまは本当に浮雲なのだろうか。山がまったく青ければ問題はないが、黒い部分があるならば〝動かす〟ことに逡巡は許されない」と書いた。それは疑惑の本質がいかにも県の公務の側にあるかのような書きぶりであり、いささか世論を煽る姿勢があった。

吉岡はこの記事を読んで不快だった。

「逡巡は許されないと言うのなら、お前の新聞社が調査報道によって〝黒い部分〟を追及するべきだろう」。そのように思ったことを覚えている。笹かま疑惑を生む土壌が県の行政の体質の中にある、との見方には首肯する部分もある。が、それを主張として書く以上は、事実に肉薄する相当の覚悟を持っていなければならないはずである。

このような県行政の体質への疑義は、全国紙の地方版に共通して見られる姿勢だった。スキャンダルを見下すような態度すら感じられた。これに対して地元紙は疑惑が持つ話題性に対して慎重な書きぶりをしていた。前のめりの姿勢で書くことはなく、記事には知事への遠慮すら垣間見えた。

告発から半年後に地検は捜査を終了し、「大手建設業者が山形県知事に届けたとされる二千万円は賄賂として認定できなかった」と結論付けた。大手ゼネコンの「贈賄申し込み」容疑は「不起訴処分（嫌疑不十分）」となった。同地検の次席検事は記者会見し、「現金の提供があったことは間違いない」と認定した。そのうえで「政治資金規正法の観点からも捜査したが該当しなかった」と説明した。この捜査終了の〝セレモニー〟に際し、感想を求められた知事は「改めて申し上げることはない」、「副知事、出納長の人事に関しては自分の性急短慮を反省している」とコメントするだけだった。

後日談だが、捜査結果の公表を前に次席検事が知事の私邸を訪ねて経過を説明するという異例の対応があったことが判明した。その際、マスコミへの対処のしかたが話題になったが、知事は「私の側にも反省すべき点がある。批判されるのもやむをえない」と言ったらしい。「泰山鳴動し鼠一匹」の出来事だったが、知事の説明のあいまいさが疑惑を広げたと言ってもいいだろう。

くだんの全国紙の支局長はコラムで次のように書き、吉岡はそれを切り抜いた。

「裏ガネとの認識があったからこそ、知事は返却し、公務を守ろうとしたと考えたい。そう考えなければ、この疑惑には倫理による救いがない」、「公務に対する攻撃が何を背景にしてなされ、いかに公務の堕落が防がれたか。山形自治の頂点に立つ知事が何を考え、どのように対処したのか。その真実を私たちは知りたい」

気障な部分も感じたが、知事への注文については吉岡は共感した。だが、マスコミの力は弱く、贈賄申し込みを招いた風土については何も解明されなかった。報道の成果に期待していた吉岡は馬鹿にされたような気分をつのらせた。

そんな二十年以上前の記憶をよみがえらせながら吉岡は降雪の中を走り続けた。庄内地方に向かう山越えの道の両脇には、積み上げられた雪が壁のように聳えている。寒河江を通過し、豪雪地帯で知られる大井沢への分岐に差し掛かり、吉岡はエンジンを止めて一息入れたくなった。しかし、助手席の武田は会話を中断しようとしなかった。

「ご老体は泰然としていたね。〝笹かま〟の単語を聞いても、眉一つ動かさなかった。俺たちを引き留めて、もっと話をしたかったようだ。世の中の情報に飢えているのだろうか」

「そんなことはないよ。Tさんは自分の気持ちの揺れを表情に出さない訓練を積んで来ている。それに相当な読書家だし、政治でも経済でも気になることは昔の部下から情報を集めている。知事時代に築いた情報収集のネットワークが途絶えたわけでもないようだ」

「それにしては、北朝鮮から漂着する木造船については余り知らないようだったじゃないか」

「いやあ、今ごろは心当たりに電話して情報を集めていることだろう。Tさんにはそういう几帳面、かつ性急なところがあるからな」

「ところで君は当時、県行政の担当記者でもないのに、なぜ知事と親しくなったのかね？」

吉岡は答えに窮した。知事とは二十歳ほど年齢差があった。世間話をするような仲になったのは偶然のきっかけである。

それは笹かま疑惑事件が捜査中の頃だった。吉岡は天童市で行われた年少者の将棋大会の祝賀会に参加した。彼の放送会社は主催者団体からテレビ・コマーシャルを受注していた。その祝賀会には皇族ご夫妻が参加された。

その宮様の父君の皇族はオリエント考古学の学究として名声が高かった。祝賀会で宮様と隣り合わせた吉岡は「学生時代に御父上のご講義を聴いたことがあります」と申し上げた。

宮様の反応は予想外のもので、「どんな内容で、どこで聴いたのか」旨のご下問があった。「ユーモアたっぷりのお話で印象に残った」と吉岡が答えると、「どのような点がおかしかったのか」と追及される。そこで吉岡は、父君の講義中にスライド映写機にハエが入り込み、それを古代エジプトの絵文字にたとえられた、という話をした。

宮様は傍らの妃殿下の顔を見ながら「いかにも、いかにも」と言われ、大笑いされた。そのやり取りを傍らで聞いていたT知事がおもしろがり、帰りの公用車に吉岡を同乗させた。それが付き合いの始まりだった。

車中で吉岡は「青山元不動」の禅語を話題にした。知事は「あそこの禅寺に質問に行ったという人は貴方だったのか」と言った。その翌日、県の秘書課から電話があり、知事を囲む朝食会に誘われたのだった。

各種の朝食会は知事の情報収集ネットワークの一部であることを吉岡は知った、誘われたのは法人会が主催してホテルで開く会合であり、企業の業績調査をする会社の支店長が司会を務めていた。この席上、知事は少子化による人口減少の見通しや、経済振興の前提条件となる高速道路網の構想について訥々と語った。

吉岡がよく覚えているのは、朝食会が終わろうとする時、笹かま疑惑の告発について感想を聞く者がいたことだ。知事は「貰う理由がないので返却しただけだった」と答えた。「当時の自分の心境を書いたメモがあり、公開すべきものかどうか、判断が付きかねる」旨の発言すらした。

「そんなものがあるのですか。そいつはおもしろいな」

聴衆の中にいた全国紙の支局長と思われる男がすかさずに言った。これに対し、知事は「おもしろいとは失礼な。マスコミは何でも興味本位だから、混乱が起きるのだ」と気色ばんで応酬した。

その言葉には怒気があり、質問者に二の句を継がせない勢いがあった。一連の報道に対して平静を装ってきた知事だが、実は憤懣やる方ない気持ちでいることが、その一言で吉岡には伝わった。

疑惑の印象を煽り立てるマスコミに対する不信感が「興味本位」という言葉にあらわれたのだ

ろう。マスコミとはそういうものだと解っているに違いないのだが、人間くさい味を出すT知事に吉岡は人間味を感じた。

朝食会に招待されたことへの礼状を手紙で書いた時、吉岡は知事にいささか同情する気持ちがあることを述べた。一個の人格として疑惑の中で漂流し、自分の言葉で立場を狭めている様子がうかがえたからである。それが率直な感想だった。

その半年後、明治の元勲に命名された老舗の料亭に、知事から招かれたことがあった。吉岡はその夜の会話をよく覚えている。大きな土蔵を改修した部屋で、二人だけで炬燵に足を入れ、少量の酒を酌み交わした。吉岡は思い切って笹かま疑惑に触れ、「ゼネコンがあのようなやり方をするには、そういった習慣や土壌が過去にあったからではないか」という趣旨の問いかけをした。知事は「それをまったく否定することはできないの」と静かに言った。

「〝中身を知らないままに返却した〟と知事が述べられたのは、あまりにも不自然だったように思います」

「あなたもそう言われるかの。私は何も隠さずに、ありのままを言ったのだが。それが本当のことですからの……」

知事は高い天井に視線を向けながら、「アテにはなるのう」と短くつぶやいた。吉岡はその言葉の意味が分からなかった。「アテ」とは木材が激しくぶつかった時にできる傷であり、「当」たった部分が「跡」として残ることだと後で知った。

「知事は真相を隠し、庁内に箝口令を敷いている」「笹かまの話はタブーである」。街ではそんな声が聞かれた。

しかし、豊富な行政経験と周到なリーダーシップにより、T県政は揺るぎないように見えた。

笹かまのスキャンダルから二年後、知事は三期目の選挙で革新系候補に圧勝した。県民の信任を得た形だが、有権者のほぼ半数が棄権し、投票率は過去最低だった。

一県民としての吉岡の個人的な見方に過ぎないが、三期目のT知事は慎重なだけでなく、果敢な側面を見せた。農政や教育改革の分野で国の方針に対して地方の立場を決然と主張した。オール与党化した県議会もマスコミも、知事の大胆な挙動を見つめていた。笹かま疑惑を蒸し返す者はいなかった。くどくどと説明せずに泰然たる県政の楫取りだったが、そこには独善的でがんこな老人知事の姿も垣間見えた。

やがて、T県政には政策決定のプロセスの説明を回避する体質がある、という批判が強まった。その頃、吉岡は久方ぶりに〝笹かま疑惑〟という言葉を聞いた。知事は四期目を目指した選挙で、保守系の新人に僅差で敗れた。それを機に政界から身を引き、隠居を自称するT老人になった。

五

雪は小止みなったが、走行するのにしたがって道路の積雪は厚さを増していく。吉岡は山形市から六十キロほど離れた田麦俣《たむぎまた》の三層住宅の集落近くに車を止めた。庄内海岸の温海《あつみ》町までの距離のほぼ半分であった。

武田が二人分の缶コーヒーを買ってきたので、手袋を取ってそれを飲んだ。見回せば、サービスエリアの周辺の積雪は人の背丈よりも高い。灰色の雪空の中を一羽の鷹が旋回していた。

眼前の雪のかなたに月山が聳えている。その山容は白磁の深鉢を伏せたような姿であった。なだらかな稜線はいつ見ても清潔感があふれている、と吉岡は思った。

彼は十数年前の初夏に、家族でスキー客として志津《しづ》温泉に宿泊し、月山姥沢《うばざわ》を滑降したことを思い出した。あの家族団らんを今は望むべくもない。吉岡の次男は高校を卒業した後、大学受験に失敗して二年間ぶらぶらしていたが、その進路選択をめぐって夫婦は激突したのだった。

吉岡はある時、「お前は望みのないやつだ。もう少し、しっかりと立て」と息子を叱った。もちろん、罵倒するのではなく激励するつもりだった。だが、側で聞いていた妻は「今まで子供のことなんか関心持たずに、自分の仕事のことばかり考えていたくせに。今ごろ、偉そうに何ですか」と夫に毒づいた。今思い返せば、単に虫の居所がわるかったのかもしれない。

言われれば、たしかに子供たちの運動会にも学芸会にも授業参観にも行った覚えがなかった。自分は仕事をするために生きていると思っていた。そういう父親の姿を見せることが、最大の家庭教育だ、と吉岡は考えていた。

この日を境に夫婦の会話はいつも険悪となった。何かのはずみで、吉岡は深夜バーで知り合った女と外泊したことを告白した。もはや夫婦の関係は修復不可能となり、妻は弁護士に仲介を頼み、子供と共にあっさりと家を出て行った。

離婚の真の原因が何であったかは、自分でもよく分からない。子供の進路問題も女の問題も、引き金に過ぎない。要するに誤解でつながっていた婚姻関係が、お互いの自己実現のあるべき姿に向けて分裂したのではなかろうか。

妻が家を出ていく時、吉岡は「俺と一緒で、君はおもしろかったのか」と聞いた。妻は「おもしろいと思ったことはないわ。我慢していた訳でもないけど……」と答えた。

他人は好奇の視線を容赦なく注いでくるが、離婚の真相など説明できない。どう思われようが、目前の問題に誠実に対処しているかどうかが問題なのである。吉岡は月山の傾斜を目線でなぞりながら、そんなことを考えていた。

武田が紙巻きの煙草を胸のポケットから出した。車の中は禁煙である。彼は外の空気を楽しむように、マッチを擦って火をつけ、それを振り消した。

「この高速道路のおかげで随分と便利になったな。笹かま疑惑があった頃は庄内地方に行くのに、車で山また山を越えた記憶がある。たしか、六十里越えとかいう地名もあった」

武田は大判の封筒に入れた資料を持ち出し、「せっかく漂着する北朝鮮の船について調べてきたんだから、ちょっと聞いてくれよ」と言った。漂着した木造船について海上保安庁などに問い合わせした成果だという。大いに興味深かった。吉岡は「分かった。聞かせてもらおう」と応じた。

海保は「朝鮮半島からと推定される漂流・漂着木造船」の統計を取り続けている。直近の三年間で約二百件の漂着が記録されていた。その年に限って言えば、すでに八十件を超えて過去最高の数となっていた。

吉岡はその数の多さにあらためて驚いた。漂流した木造船から救出された生存者は三年間で五人だけだった。

最近の漂流件数の異常な伸びについて同庁は「十月から十一月にかけて、台風などの影響で日本海は大荒れになった。日本の排他的経済水域周辺で漁をしていた木造船が遭難し、日本沿岸に流れ着いている」と推定している。漂着した船員が北海道の無人島の漁具置き場を荒らした事例もあった。

木造船のスケールは一定ではない。庄内海岸で解体されたものは長さ七メートルと新聞が伝えたが、新潟県で見つかった船は長さ十一メートルだった。壊れた船体内には漁業用の網があり、白骨化した遺体とともに金正日バッジも発見された。

武田は損害保険の会社にいただけに、船体の構造を注視していた。搭載エンジンは「横型水冷ディーゼル」式と呼ばれるタイプだった。彼が発動機メーカーに勤める友人に問い合わせたところ、「日本製の模倣品。主として農業用途。それを船舶用に改造したモデルである」との見解を得たという。

吉岡はエンジンはどうでもよかった。木造船が、海上に描いた軌跡を知りたかった。北朝鮮の漁民が日本の排他的経済水域で操業していたのなら、漂流直後に発見されても良かったのではなかろうか。人命を救出する観点から、海保はパトロールを強化すべきだろう。

彼はそのように思案しながら、時速八十キロを保って走った。山形自動車道を鶴岡インターで下り、国道7号線を中野京田で左折し、国道112号に入った。ここは加茂街道とも呼ばれる。

日本海が近くなったのを感じながら湯野浜温泉街を抜けて南下し、加茂港から県道に入った。

武田は何も話さずに、白い飛沫を高く上げる海岸線を眺めていた。吹きつける風の音と車の走行音だけが吉岡の耳の中にあった。

二人は海岸線を凝視した。漂流船が係留されていないかどうか探し続けたが、それらしい姿は認められなかった。T老人が言った通り、延々と続く海岸線で小さな木造船を見つけるのは容易ではない。やはり、無謀な試みだったかもしれない、そんな思いが吉岡の頭の中をよぎった。

その時、武田が「おい、あそこ見ろよ」と短く叫んだ。

それは温海町の暮坪《くれつぼ》付近だった。防波堤に集まった人々の中に背広と黒い紳士靴姿のテレビ局クルーらしき集団も混じっていた。彼らが凝視する方向に木造船があるのに違いない。

道路面から見下ろす磯に、幾筋ものロープが張り巡らされていた。その囲いの中でバラバラになった船の残骸が浮遊しているのが見えた。それは三体の腐乱死体が発見されたという現場であった。

「もう船の形をとどめていないいな」

眉を吊り上げた顔つきで武田が言った。

「紛れもなく漂流の時間をとどめているじゃないか」と吉岡は切り返した。

〝野鳥の会〟のマーク入りの長靴に履き替えた武田は、ためらわずに階段を下りていく。雪で濡れた砂浜を足早に歩き、一眼レフのシャッターを切る。そして、どんどん海の中に入っていった。武田は木造船の残骸にたどり着くと、破壊された甲板の上に乗った。さらに、海水に浸かった建材の一部を持ち上げ、執拗にカメラを向けた。

吉岡はその武田の姿を目で追っていた。強い磯の匂いが寒風に運ばれてくる。彼は「仕方ない。付き合ってやるか」と言いながら、運転してきたままの革靴で浜に降りた。

漂流船は胴体部分が崩壊し、平坦になって海面に浮いていた。構造材が海面に横縞を描いている。武田の言葉を借りれば、「巨大な笹かまぼこが浮遊している」ようだった。

構造材に顔を近づけると、海藻が絡みついているのが分かった。事前の予想に反し、彼の胸中には特別の感慨はなかった。「乗っている者はさぞや苦しかっただろう」。漁民の一人でも二人でも助けてやりたかったと吉岡は思った。

その時、テレビカメラを担いだ二人組の背広姿の男が砂浜に降り、こちらに近づいてきた。そして、吉岡に会釈しながら、東京の大手テレビ局の名を告げた。

「北朝鮮の船の着岸について、地元の人々の感想をうかがいたいと思い、東京から取材に来ました。どうかご協力ください」

そう言ってマイクを向けたクルーに対し、吉岡は「私は山形から来たので、地元の庄内ではありません」と答えた。しかし、東京の記者は「山形の人ですよね」と念を押し、勝手に質問を始めた。

「こうした不気味な船が続々と山形県の海岸に漂着しています。恐怖ですよね。地元の人々としては、日々不安感を高めていると思うのですが……」

それは誘導尋問の一種なのではなかろうか。彼は突き出されたマイクをわずらわしく思いながら答えた。

「あれは、侵入船ではないでしょう。たぶん北朝鮮の漁船ですよ。悪天候によって漂流したのだと思いますが……」

彼は率直な感想を述べたつもりだったが、テレビ局の記者は満足しないようであった。重ねて彼から言葉を引き出そうとする。

「北朝鮮の秘密工作員が乗っていた可能性が指摘されているのです。すでに北海道では無人の家屋が荒らされたケースも出ています。新たな拉致問題が起きる可能性もあるでしょう。地元の方として……」

「私はそうは思いませんね。あなたのインタビューの対象には不向きなのではないでしょうか。

向こうにいる人はわざわざ東京から不審船を見物に来た人です。あちらの人にお聞きになってはいかがでしょうか」

自分がテレビ局に勤務したことがあることを考えれば、吉岡はなるべく協力したかった。しかし、あまりにも意図的な質問には応じる気がしなかった。報道の狙いに共感できないこともないが、露骨な目論見に乗せられるのは自尊心が許さない。

テレビ・クルーは何事かを相談していたが、吉岡への取材を断念したようだった。そして、破船のそばで行動している武田の方に小走りで近づいていった。

吉岡は階段を上り、国道まで戻った。海岸の方を振り返ると、カメラの注文通りに、海上を指さすなどのポーズを取る武田の姿が見えた。彼はクルーに対して何事かを長々と語っていた。

六

漂流船の表面にはおびただしい傷跡があった。それは風雪と波浪の刻印であろう。

吉岡は航路を失った乗員らの心理を想像した。日本に向かっていることは予想できたのだろうか。まずは燃料切れとなり、動力源を失ったことが乗員たちを焦らせたにちがいない。次に飢餓

が襲ったことだろう。

人が力尽きた後も、船は海上を漂い続けた。この庄内浜に打ち上げられるまでに、どのような軌跡を描いたのだろうか。

吉岡は「漂流」というものの救いがたい怖しさを思った。その孤独を想像すると、計り知れない絶望感に打ちのめされそうである。

眼の前の日本海は白い牙を立てて唸っていた。三角形の波が続々と沖から寄せて来ては、縦横に大きく広がり、海岸に激しくぶつかった。「着岸した漂流船が破砕するのも無理はない」と吉岡はつぶやいた。

一方、武田は吹き寄せる寒風に抗いながら、気の済むまで写真を撮ったようである。吉岡の顔を遠くから見つめながら、長靴姿のまま車に戻って来た。そして、不服そうな顔付きで言った。

「テレビ局の連中の考え方は少し、硬直し過ぎじゃないのかね。この漂流船の映像を材料にして、北朝鮮の不気味さと警戒する感情をあおり立てたいようだよ。そりゃあ、拉致問題や弾道ミサイルの発射を良く思っている日本人はいない。しかし、それとこれとは別物さ。漂流者の人命を助けるのが国の第一の仕事じゃないだろうか、と僕が言ったら、呆気にとられたような顔をしてカメラを止めていたよ」

「僕に対してもそうだったよ。君の方に追い払ったという訳さ」

「わざわざ東京から見物に来た、というところにニュース性があるそうだ」

「いや、どうかな。彼等にはゆっくりと人の話を聞く余裕はないはずだ。世論というか、視聴者の感情をコントロールしようとする。その意図もまた、大きなものに操られている」

「君は自分がテレビ局に勤めている時はそういうことは言わなかったじゃないか」

「思ってはいたさ。働かされているクルーの立場はよく分かるね。デスクの叱咤を受けて、東京から庄内空港まで飛行機で来た。レンタカーを飛ばして現場に来たのにちがいない。今夜のニュースタイムに入れるなら、急いで帰らなくてはなるまい。あるいは後日に特集番組にするのかもしれないけど……。狙い通りの画面と証言を早く手に入れたい、と焦っている。その気持ちが分かるんだ」

「われわれは彼らの報道の狙いというか、その手の内にある出演者という役割なのかね」

「〝ひねたおじさん〟だから、そう簡単には行かないだろう。とは言うものの、僕らも世論操作に手を貸しているのだろうな。テレビの取材に協力していただき、ありがとう。僕からも礼を言うよ」

「言われたくないね。なんか不愉快だな」

「まあ、そう言うな。マスコミはみんなのものだ」

吉岡は笑い声を立てて、その場をつくろった。

テレビ・クルーが付けていた報道腕章が、かつての自分の勤務先のキー局のものだったことを、武田に言わなかった。吉岡は早くこの場を立ち去りたい気分だった。

その時、「あんたたちかね、Tさんの友達というのは?」と声をかけてきた男がいた。海風に対抗して、怒鳴るような声だった。

その男は風雪が沁み込んだ茶色の皮製ジャンパーを着ていた。角張った顔は日焼けし、首にタオルを巻いていた。腰の高さまで伸びた長靴を履き、十分に太った体はまるでアザラシを思わせた。

それがT老人がメモで紹介してくれた「金太郎」と呼ばれる人だった。

T老人から温海町の金太郎邸に、「出動」を求める電話があったのだそうだ。彼は一キロほどの雪道を歩いて海岸に出て、漂流船を見物する人々の群れを観察していたそうだ。吉岡と武田の二人組をその風体から割り出すことができたという。

「お呼び立てするようなことになり、申し訳ありません。Tさんのご厚意から、海岸のご案内をお願いすることになったようです。本当にすみません。風が冷たいので中で話しましょう」

吉岡はそう言って、金太郎氏を車の後部席に招き入れた。

金太郎氏は気さくな男だった。北海道のニシン漁の船員を長く務めた経験があるという。「友達付き合いのTさんの頼みだからの」と言いながら、鉛筆で書いたばかりと思われる庄内海岸の地図を示した。

「北朝鮮の船はのう、こんなにも漂着しているんだ。知らんかったろう」

海岸線を描いた図のあちこちに、×印で漂流船着岸のポイントが書き込まれていた。

彼がもたらした情報は実にありがたかった。ほぼ原形のまま陸揚げされている漂流船があるという。「寒い中、ここまで来たのだからこれを見ておいた方がいい」と、金太郎氏は国道を北に反転して二キロほどの地点を示した。

そこは五十川地区の「鈴」と呼ばれる場所だった。地形の関係で道路からは見えないところに漂流船が横たわっているという。これを聞いた武田は目をかがやかせて吉岡を見た。すぐにも移動することをうながした。

走行する車の中で金太郎氏はしきりにT老人の様子を聞きただした。「元気でおられれば何よりだ。九十歳近くでスキーに出かけると言うから、こっちは心配になる」。その言葉から、金太郎氏が相当の敬意を払いながら、T老人と友達付き合いをしていることがうかがえた。

現在、七十歳代半ばの金太郎氏は四十年前に、庄内海岸沿いの道路拡幅の陳情をめぐり県職員だったT氏と親しくなった。その後に知事となったT氏は金太郎氏を個人的なネットワークの一部に組み入れ、県行政の印象などを聴くことがあったという。

「俺はおかしいことはおかしいと言う性格だからの。庶民の声というやつだの。学問がないから、俺の言うことなんか知事の参考にはならないよ。でも、下々の者の気持ちと、みんなの雰囲気を伝える役回りよの」

雪は止んだが、日本海から吹く風はどんどん強くなる。金太郎氏は時折、左手に広がる日本海の彼方を見ながら快活に話した。T老人のことが好きでたまらない様子である。

「東京から来た人に漂流船の案内をしてくれ、だとさ。面白いことを頼まれたもんだ。年とっても元知事のお役に立てるのは嬉しいね」

鶴岡に向かって走る前方に「お食事処　浜屋」という看板が見えた。が、いまは営業していないようである。その駐車場の脇から海岸に通じる小さな石の階段があった。

海岸は「浜」の名にふさわしくないほどに大石がごろごろしていた。打ち上げられた黒い船体が横付けになっているのが見えた。金太郎氏は「足元が悪いから俺は行かない。あんたたちだけで存分に見てきなさい」と言った。

吉岡と武田は石から石を飛び渡るようにして、その船に近づいた。海岸風景の中では小さな点に過ぎないが、近付くと意外な存在感があり、不気味な大きさだった。長さ約十メートル、幅は四メートルほどだろうか。岩の上に重そうに横たわる漂流船は呼吸を止めた巨大な海獣のようにも見えた。

海水に足を浸すことなく漂流船に近付くことができたことが、武田を喜ばせた。彼は矢継ぎ早にカメラのシャッターを切ったあと、ポケットから巻尺を出して船の寸法を測った。そして方眼用紙の入った手帳を出し、鉛筆でスケッチした。

破損した船首の側面に赤ペンキで書かれたハングル文字は何を意味するのか分からなかった。

吉岡は朽ちた船の姿が食傷気味であった。彼は海蝕によって摩耗した岩の上に腰かけ、日本海のかなたを眺め続けた。一瞬、自分の家庭の崩壊と木造船のイメージが重なった。自分の人生が破船だと言えば、そんなものである。

武田は時間をたっぷり使って漂流船を観察し、ようやく倦んだようだった。波しぶきで濡れた石の上を注意深く辿り、大岩の上にいる吉岡に近づいてきた。

「荒波とたたかった末の船の末路だぜ。船は言葉を発しないが、深い傷跡は懸命に生きたことを物語っている。これを自分の手で撫でてやりたかったんだよ」

「そうか。来た甲斐があって良かったな」

風と波が鳴り続けている。真冬の海が運ぶ冷気が容赦なく身体に沁み込んで来る。吉岡は空腹を覚え始めていた。

金太郎氏は手書きの地図を広げながら二人を待っていた。その説明によれば、五十川《いらかわ》から7号線を北上し、十三キロほど離れた油戸《あぶらと》という地点に、最も新しく発見された漂流船があるという。

吉岡は「君はどうする?」と武田に聞いたが、その答えは「もう十分だ」であった。

武田は「この船を見ていると自分の人生もどこかに漂着してしまったかのように思えてくる。気持ちが暗くなってきた」と投げ捨てるように言った。

二人は金太郎氏に礼を言い、彼を自宅まで送ることにした。T老人から依頼された務めを果たした安堵の気持ちからか、金太郎氏は一人でよく喋った。タラのどんがら汁料理と並び、フグ料理が人気であることを説明した。

「Tさんにもこっちに来て食べてもらいたかった。まだまだ知事をやり続けてもらいたい人だった」

金太郎氏の記憶の中では、すでに引退したT老人なのに、最近まで知事をやっていたように思えるらしい。

「負けるような選挙ではなかった。あの人はペコペコして頼むことができないからのう。いろいろ説明する親切心にも欠けたよ。笹かまぼこの話も正直に話していればのう」

そんな話が出るとは意外だった。武田は「へえ～、選挙の時に笹かまの話も出たのですか?」と金太郎氏をけしかけた。

「知事が悪いことしたわけじゃない。でも、〝不都合を誤魔化している〟と批判された。選挙の時は〝独善的で、まともな説明をしない体質だ〟と悪口を言われた」

その熱心なT知事ファンだったという金太郎氏は、十年以上前の選挙が昨日の出来事のようであり、結果が納得できないのだった。

日本海を見下ろす坂道沿いの集落に、金太郎氏の自宅があった。同居している長男の嫁が迎えに出てきて、「この寒い中を歩いて大丈夫でしたか」と、義父をいたわった、家の中には孫たちもいるようだ。金太郎氏はすっかりおとなしくなって、吉岡に「Tさんにくれぐれもよろしく伝えてくれよな」と言い、「しゅば」とこの地方の別れの言葉を投げて家の中に入っていった。

「金太郎氏が来てくれて助かったな。山形のご老体もなかなかのネットワークを持っているな」

反転して坂道を下り始めた車の助手席で、武田がそう言った。

「Tさんは、おれたちを迷子にしてはいけないと気遣ってくれたのだろう。まさに正解だったよ。金太郎氏の助言がなかったら、船の残骸を見ただけで帰るところだった」

「ああ、ご老体の気配りに感謝だな。実は、おせっかいを焼きやがると思ったんだ。口に出したかもしれない。反省しています」

「君は野次馬のいない浜辺で船の構造を十分に観察できたから、さぞ満足したことだろう」

「味わい深かったね。しかし、あの悲惨な姿を見て、こっちまで沈んだ気分になってしまった。波浪に弄ばれて難破はしたが、根性で岸にはたどり着いている。まさに人生の最終章の姿だ」

武田はそう言ってから、ひと呼吸を置いて妙なことを口走った。

「山形のご老体だが、われわれの行動を把握しておくべく、すばやく手配したのじゃないのかな。今ごろ、金太郎氏から電話で報告を受けているぜ」

吉岡はそれを聞いて一瞬、動揺した。本当にそうかもしれないと思ったのだ。かれはT老人の気配りの意味をあれこれと憶測した。

薄闇におおわれる日本海を見つめながら武田が言葉を継いだ。

「君は近いうちにT邸に遊びに行き、庄内の海の土産を何か届けた方がいいな。僕の失礼もお詫びしておいてくれ」

「そうしようと思う。君と話しているうちに僕は、笹かまの昔話を少し書いて整理してみたくなった」

武田が「ほほう」と、吉岡を冷やかすような笑みを浮かべた。「今さら何の意味があるのか」という言葉を呑み込んでいる顔付きだった。そして投げやりな感じを漂わせながら言った。

「あれは要するに、笹かま疑惑の二千万円というのは、どういう趣旨の金だったのかね」

「当時、ある談合事件の懲罰で指名停止処分をくらっていたゼネコンが、山形県内の大型事業の入札日について、公示よりも先延ばしにしてほしいという趣旨だったようだ。あきれたもので、知事の政治資金団体にも封筒入りの五百万円を持って行き、翌日にその団体の事務責任者から突き返されていた。ゼネコンとしては、指名停止の期間が明け、入札への参加資格を得れば、間違いなく落札できる自信があったのだろう」

「なるほどね。となると、受注競争に参加するためのエントリー・フィーみたいなものだったのかな」

「もっと露骨な性格だろう。業界の談合を黙認していてほしいという意図だったのではないか。入札日の延期は時折、あるようだ。そういう操作を見て見ぬふりしてくれ、ということだ。総額千六百億円にのぼる大型公共事業の本体工事だったらしい。ゼネコンの常識では、二千万円はご挨拶程度の金額だったんだろうな」

「ジョイント方式の落札狙いだな。まったく失礼な話だよ。知事は悪質な談合を防いだわけだ。そういう疑惑の真相って県民は知っているのかね」

「いま示した解釈だって、推測の域を出ていない。とにかくマスコミに取材の力がなかった。〝中身が現金とは知らなかった〟という知事発言の不自然さだけが、独り歩きした」

「T老人も泰然とし過ぎて、大損したな。世論のハンドリングを間違えたんだろう」

「俺が知事の立場だったら……。そもそも関わりたくないのだから、やはり中身なんか見なかったと言うね。〝カマボコ下の現金〟とか、面白おかしく書く奴には腹も立てるよ」

「それで収まるはずがない。知事としての説明責任を甘く見たんだな。自分自身の余裕に足元をすくわれた格好だな。それで、君は笹かま事件について何を整理するつもりなんだい？」

「黒いカネが公務をおびやかした茶番劇。その駆引きを巡ってうろたえる人間模様……。空虚な言葉の中で方向感覚を失う、人の意識の軌跡を描いてみたい。Tさん自身は〝あんなものくだらぬ、爪の垢ほどの出来事に過ぎない〟と言い続けてきた。県史にも記述されないだろう。しかし、行政の風土の記録であることは間違いない」

進行方向の左手に見える日本海が漆黒の度合いを増していく。その闇から目を離さずに武田が言った。

「ヤブの中を突ついても、明らかになるのは人間性の軌跡ではなくて、迷路そのものなのではないだろうか。船も人も孤独の闇の中で漂流するからな」

先ほどまで無数の白い波頭を見せていた日本海が、今はすっかり闇に覆われて、漁船らしき小さな光すら抱いていなかった。人も物も容赦なく凍らせる〝庄内の地吹雪〟が始まる予兆であろうか。フロントガラスを横切る空気が時折、横笛のような高音を発していた。

吉岡の脳裏には、東京のテレビ局発で電波に乗るであろう、北朝鮮の漂流船の映像が浮き沈みした。それは波浪で砕けた無残な姿をさらしている。腐乱した大魚のようでもあり、青山の周りに浮遊する巨大な白雲をも連想させた。

空腹感がつのっている。早く庄内フグの会席料理にたどり着きたかった。強まってくる海風を

真横から受けながら、吉岡は街の灯に向かって車を走らせた。（了）

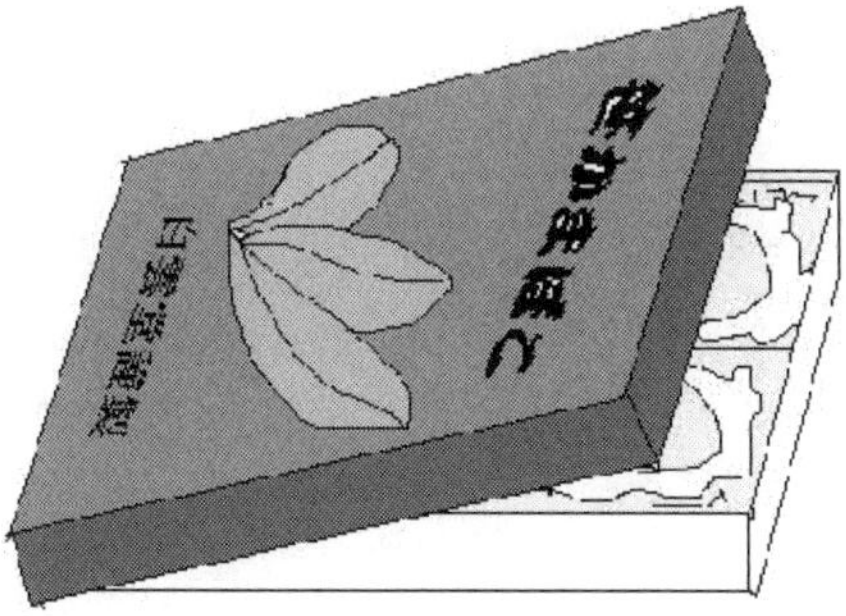

ボートは沈みぬ

一

定年退職してから東京近郊の散策を好むようになった。電車を乗り継ぐ日帰り、または一泊の小さな旅である。

一月、何度か鎌倉に足を向ける。鶴岡八幡宮への初詣が過ぎれば観光客の洪水はない。崖に咲き残った石蕗《つわぶき》や寺の境内の梅のつぼみを眺め、鵙《もず》や鶺鴒《せきれい》の動きを目で追うのも楽しい。

材木座、由比ケ浜から稲村ヶ崎へと歩く。相模湾に白い小さな波が立ち、その彼方に富士山が座す。海の色や波の形は時刻によって変化するが、富士の大きさは変わらない。堂々としているが威圧感がない。木花咲弥姫（このはさくやひめ）には申し訳ないが、まことに手ごろな大きさ

であると思う。

♪真白き富士の嶺、緑の江の島〜〜と、古い歌謡曲を口ずさむ。明治の末に七里ヶ浜沖で遭難死した中学生らを悼む歌である。その悲劇を今に伝えるブロンズ像が稲村ヶ崎の崖下の公園に建っている。

「真白き富士の嶺」は哀切な歌詞とイングランド民謡風の旋律、曲の中に込められた悲運の物語の組み合わせが絶妙である。「自分の愛唱歌だ」と言う人が多いが、私もこの歌には特別な感情を抱く一人である。

作者は「三角錫子《みすみすずこ》」である。明治後期、湘南地方の女学校の教師だったと聞く。遭難した逗子開成中学生らと交流があり、その葬儀の日に発表した渾身の一曲により、後世に名を残すことになった。

原曲はキリスト教会で歌われる讃美歌である、という解説を読んだことがある。が、私はそれ以上のことは知ろうともしなかった。今回、偶然のきっかけから、この曲に歌い込まれた出来事と、人々の苦悩の意味を考えることになった。

私はこの歌を小学校生の頃に母親からに口伝えで教わった。母は九十歳を超えてから痴呆症が進み、近所の老人ホームに入ったが、時々思い出したように「♪真白き富士の嶺、緑の江の島

〜」と歌い出す。

昨日あった出来事を忘れ、曾孫の名や齢もうろ覚えなのに、昔の曲の歌詞を諳んじている。それが私には不思議に思える。ひとしきり歌った後で、母は決って「なんであのボートは七里ヶ浜で沈んでしまったのかしら」と言うのである。

その母から「体が弱って出席できないので、わたしの代わりに顔を出し、年会費を払ってきてほしい」と依頼された会合があった。母の旧住所宛にとどいた案内の葉書を持ち、私は世田谷区粕谷の恒春苑（都立芦花公園）に出向いた。

明治から昭和初期に活躍した小説家、徳冨蘆花（一八六八〜一九二七）のファンらが旧交を温めていた。その学習会における講師の一人が大倉精神文化研究所（横浜市）の峯岸英雄客員研究員だった。報告のタイトルが「七里ヶ浜の哀歌と徳冨蘆花」であることが、予備知識を持たなかった私を大いにおどろかせた。

あの哀切な曲と明治の文豪がどのように関係するのだろうか。自分が温めて来た漠然たる疑問ともからみ合う。「おもしろいこともあるものだ」と思いながら講演を聴いた。

峯岸氏は「鎌倉の七里ヶ浜沖で起きた逗子開成中学生らの遭難死は悲しい事故ではなく、事件と呼ぶべき性格の出来事だった」と強調した。

私は自分の思い込みをかなり修正せざるをえなかった。それとはまた別の感情で、文学作品に導かれる偶然の出会い、事実と人間の衝突の様相に一種の感動を覚えたのだった。

明治四十三（一九一〇）年の一月二十三日正午ごろ、一艘のボートが葉山湾から江ノ島を目指して漕ぎ出した。そこには同校生徒十二人と小学生一人の計十三人が乗り込んでいた。六本オールの短艇はかなりの定員超過であり、それは〝校則破りの無謀な冒険〟だったという。

遭難した集団は中学生とはいえ二十一歳が一名、十九歳の者が二名含まれていた。首謀者は豪傑を気取り「海鳥を撃って鍋にしよう」と提案し、父親の猟銃を持ち出し、小学生の弟も同乗させていた。

江ノ島に着いたかどうか定かではない。ボートは七里ヶ浜沖合で転覆し、沈没した。海軍横須賀鎮守府の駆逐艦も動員した大がかりな捜索は四日間に及び、乗っていた全員が水死体で発見された。この時、たまたま葉山の御用邸で妃殿下と共に御避寒中だった皇太子睦人親王（後の大正天皇）が、捜索の模様を騎馬で自ら視察され、全国的な大きなニュースになった。

事件発生から二週間後の二月六日の日曜日、三浦郡田越村新宿の逗子開成中学校の庭で「遭難生徒追弔大法会」が挙行され、京都大徳寺の高僧を筆頭に四千人が参列した。読経が終わった時、黒い紋付に袴姿の鎌倉女学校の生徒約三十人が祭壇前に整列し、オルガンの伴奏に合わせて斉唱した。これが「七里ヶ浜の哀歌」である。

この曲は後に「真白き富士の根(嶺)」と改題されて全国に流布した。その名をとどろかす「三角錫子」は女生徒らの合唱を指揮した同校教諭であり、当日のオルガン奏者でもあった。歌詞は彼女が徹夜で作ったものとされる。メロディーは英語版聖歌集の中にある「われらが故郷に至りし時」と同じものであった。

♪真白き富士の根(嶺)/緑の江の島/仰ぎ見る(眼)も/今は涙/帰らぬ十二の/雄々しき御霊に/捧げまつる(らむ)/胸と心。

♪ボートは沈みぬ/千尋の海原/風も浪も/小さき胸に/力も尽き果て/呼ぶ名は父母/恨みは深し/七里ヶ浜辺(辺)……(歌詞は六番まで続く)。

心に沁みる追悼の曲に参列者は落涙した。演奏した女学生たちも涙声となり、歌唱は途切れがちだった。オルガンの伴奏だけが粛々と響き続けたという。

この慰霊法要の席に、逗子に滞在中の徳冨蘆花が参列していた、と伝えられている。当時の蘆花は百版を越えるほど売れた小説『不如帰』の作者として有名人だった。彼は東京北多摩郡千歳村に住んでいたが、逗子に深い縁があって滞在することが多かった。

峯岸氏の研究によれば、蘆花自身が書き残したものや当時の新聞などで、実際に逗子開成中の慰霊式に出かけたのかどうかは確認できないらしい。しかし、鎌倉女学校の生徒らの間では、「蘆花先生も東郷平八郎元帥も参列され、わたしたちの歌を聴いてくださった」ことが定説になっている。

悲劇の遭難事件と徳冨蘆花の『不如帰』は、さらに深い部分で密接に関連していた。峯岸氏が参考文献の一つに挙げた宮内寒彌著『七里ケ浜』（新潮社、昭和五十三年）を、私は早速、古書店に注文した。

二

逗子開成中学は明治三十六（一九〇三）年三月、田越村池子地区（現在は逗子市）にある東昌寺の境内に校舎を置き、各種学校として認可された。

同校は横須賀に拠点を置く海軍の要請を受け、その子弟らの教育を主目的にして開学する運びとなったのである。

設立申請の代表者は東京開成中学の田邊新之助。当初は「第二開成中」と呼ばれた。その後、同村内の新宿地区に校舎を移転し、翌三十七年に正式に中学校として認可され、「逗子開成」として独自の校旗も定めた。

設立の経緯を反映し、海軍に関係する家庭の出身者や軍人志望者が多く在籍していた。が、他の学校で規律に馴染めずに転校を余儀なくされた〝問題児〟もかなり含まれていたらしい。

明治四十二年春、この逗子開成に社会科の新しい教員が赴任した。彼は早稲田の高等師範部地歴科を卒業して都内の私立中学校で勤務していたが、本人の強い希望により逗子開成へと転職してきた。この教諭の名は石塚巳三郎（一八八一～一九五七）である。茨城県結城郡江川村の出身で当時二十九歳だった。

前述の『七里ケ浜』の著者、宮内寒彌氏は石塚教諭の長男である。同書は小説形式によって亡父の足跡を追った力作であり、昭和五十三年の第六回平林たい子文学賞を受賞した。宮内氏の克明な調査によれば、石塚教諭は蘆花の『不如帰』を読んで感動し、その作品と深い縁のある土地で教員生活を送りたいと願い、逗子開成への奉職を決意したのだという。

『不如帰』は明治三十一年から翌年にかけ国民新聞に連載された。同三十三年に同社から単行本化され、家族制度から生じる悲劇のリアリティーが評判となった。兄の蘇峰が経営する民友社の片隅でくすぶっていた蘆花の出世作となった。

それはたちまちベストセラーになった。日清戦争時の黄海海戦の場面の描写や、当時は不治の病とされた結核病への同情も、多くの読者を獲得した理由といわれる。

石塚教諭はその『不如帰』を黒田清輝の有名な装画とともに読んだと推定される。悲劇のヒロイン「浪子」は逗子の海岸を歩き、「あ、辛い。辛い。最早——最早婦人なんぞに——生まれはしませんよ」の名セリフを残して早逝する。蘆花は単行本の〝あとがき〟で「逗子の柳屋に滞在中に偶然に聞き込んだ実話が、小説執筆の動機になった」と語り、〝浪子不動〟のネーミングと共に逗子は文学ファンの憧れの土地となっていた。

石塚教諭は社会科を担当し、学生寮の舎監も兼務させられた。その不運の始まりは明治四十三年一月二十三日の日曜日であった。彼はその日、転勤する同僚を鎌倉駅で見送った後、上司の体育担当教師の三村某とともに鶴岡八幡宮近くの茶店で懇談した。

その時の話題は石塚の縁談だったという。三村の妻は逗子開成と兄妹関係にある鎌倉女学校で体育を教えているが、その職場仲間の三角寿々（本名）当時三十六歳が、いわゆる見合いの相手として擬せられたのだった。石塚はその時、まんざらでもない旨の返答をしたという。

おそらく、浮き立つ思いで逗子に帰って来た夕方、中学生らが漕ぎ出したボートの遭難、水死者一名発見——の報が石塚教諭に襲いかかった。

ボートに乗り込んだ十三名の中には寮生が七名も含まれていた。学生寮の生活指導だけでなく、艇庫の管理も所管していた石塚教諭は、不眠不休で捜索活動の前面に立って奔走する。

学校当局は田越村小坪にある寺院の本堂に遭難対策本部を設置した。無届で出艇した後、海上で消息を絶ったのは、五年生六名、四年生三名、三年生二名、二年生一名。これに逗子尋常小学校高等科二年生の男子一名が加わっていた。

一月二十五日付の東京朝日新聞は「〇学生十三名溺死▽七里ヶ浜の参事▽死体は尚捜索中」の大見出しを掲げ、「一昨日葉山より端艇に乗りて漕ぎ出したるが、午後二時頃端艇転覆して十三名悉く溺死したり」と報じた。

注目すべきは、同紙の取材が遭難原因と学校側の管理責任についても及んでいることだ。すなわち「元来同校の規定にてはボートは右両教諭（石塚舎監および三村生徒監）の連署なき以上は貸し出すこと能わず、仮令両教諭の許可ありとも職員の何人かが同乗せざる以上は、日陰の茶屋前より逗子の白滝不動に引きし線内の区域即ち逗子湾を一歩も出づる能はざるものなりしを……」と記している。

これはあくまで学校側が朝日記者の取材に答えた〝建て前〟の内容であろう。このため、ボート管理の実態を反映していたかどうかは疑わしい点もある。しかし、当初から学校当局が責任・補償の問題を意識してマスコミの取材に対応し、生徒側の「明らかな校則違反」を強調していたことが分かる。

無謀な生徒らによる無断出艇が招いた遭難――。そのような事件の基本構図に対する見解はやがて崩れていく。代わって「学校側の怠慢、ずさんな生徒管理が招いた悲劇」との解釈が強く打ち出される。そのことが決定的となったのは、二月六日に同校庭で行われた合同慰霊供養式の直後からだった。

参列者の記憶談によれば、法要の始まる前に東京の寺の住職が大きな声を張り上げた。「お前たちは、将来の国家を担って立つ重要な人材である少年たち十数名も、自分たちの不注意から殺してしまった責任を取れ！　天皇陛下に申し訳ないと思わぬか！」。居並ぶ田邊新之校長らは驚愕し、うなだれたまま何らの反論もしなかった。

鎌倉女学校の生徒らによる「七里ヶ浜の哀歌」の斉唱を聴き終え、逆上した母親が「我が子を還せ」と校長らに迫る場面も見られた。

「学校側の管理不行届」を咎める世論は日ごとに強まり、学生寮の舎監だった石塚教諭は事故の責任追及の矢面に立たされた。自責の念によって苦悩した彼は、追悼式から十日も経たぬうちに、目立たぬように辞表を出し、学校から姿を消した。

その後の石塚教諭の動静は世間には全く知られていない。長男である宮内氏の著書がその空白をようやく埋めたのだった。

「実名を新聞紙上に発表されたり、誤解に基づく濡衣を着せられたりして、遺族その他の恨みを買うに至ってもいた父は、養子縁組によって改姓した池上巳三郎教諭として……」世を渡ったという。宮内氏はそんな父の無念の日々を、小説として再現することになった。

逗子を去った石塚巳三郎は備中高松の農学校や岡山県立高等女学校に勤務した後、自らすすんで南樺太の大泊中学校に転職した。教務の合い間に北方植民の歩みを熱心に研究し、大正十四年樺太庁発行の「樺太沿革史」に「池上巳三郎」の名で功績を刻んでいる。

小説『七里ヶ浜』は宮内氏の自叙伝としての性格も持っており、主人公の「畑中」に、次のように述懐させる箇所がある。

――自分（宮内氏）が此の世に生まれて来たのも、心ならずも文学志望の道を選んだりして、不如意と屈辱の人生を過して来なければならなかったのも、亡父が七里ヶ浜遭難事件の責任者の一人になったりしたことに端を発している、と考えて、亡父を恨み、事件を怨んで来たのであるが、或る日、では、何故、亡父はその事件の責任者の一人にならなければならなかったのか、それを生きている内に知って置きたい、と考えた時、突然、或る小説の題名（『七里ヶ浜』）が頭の中に閃いたのであった。

実に哀切な告白というほかはない。宮内氏は岡山県出身で本名は池上子郎（一九一二～一九八三）。戦前に芥川賞候補となり、その後は兵役を挟み、社史編纂などの仕事に就く一方で小説を書き続けた。七里ヶ浜からさほど遠くない鵠沼松が岡や腰越に住んだのも「単なる偶然」と本人は書いているが、大きな何ものかに導かれた結果に違いないと私は思うのだ。

三

一月下旬のある日、私は西東京市の陋屋を出て、ＪＲ池袋駅から湘南新宿ラインに乗り込んだ。藤沢駅で降り、鎌倉行きの江ノ電に乗車した。

沿線に残る松林が保養地だった鵠沼の面影を残している。境川にかかる鉄橋を渡ると、弁天信仰の江ノ島が急に大きく見えてきた。腰越から七里ケ浜、稲村ケ崎……と海辺の風景が続き、レトロ電車の窓ガラス越しに波の音が聞こえる。

「♪真白き富士の嶺～」の曲に抱く私の特別な思いは、年々薄れて行く少年時代のかすかな記憶の中に由来する。私は四歳まで東京に住んでいたが、小児結核の体質を疑われ、海辺の町で療養することを医師に勧められた。父が急きょ、選んだ場所が本鵠沼地区の「原」という集落だった。

家族三人で農家の離れ二階に移り住んだが、一年間のつもりが六年間、つまり私が十歳で鵠沼小学校四年生の二学期を終了する日まで続くことになった。
　小田急片瀬江ノ島線の本鵠沼駅のすぐ近くに、戦争中に横浜から避難してきた母の実家があった。母は出産の際に実家に身を寄せたので、私は藤沢駅近くの病院で生まれた。このため、私が四歳時に強いられた転地療養は、生まれた土地に戻るような形でもあった。
　母の実家は結核病者の巣窟ともいうべき一家だった。母の父、つまり私の祖父は横浜で南洋貿易に関連する海運会社を経営していたが、大東亜戦争の始まる前に喉頭結核で死去した。長兄は私立大学の在学中に胸部結核を診断され、徴兵を免れたが、五年間の療養の末に亡くなった。次兄は応召したが、戦後間もない頃に肋膜炎の手術を二度受け、かろうじて一命をとりとめた。三兄も肋膜炎で投薬治療を受け、末っ子の母も少女期に結核菌が眼の中に入るフリクテンという症状に悩まされた。

進駐軍が持ち込んだストレプトマイシンの薬効など、戦後の結核医療の格段の進歩がなければ、一家は命をつなぐことができなかっただろう。私は幸いに発病することがなかったが、父が感じた怖れは痛いほど理解できる。航空隊帰りの父も旧制中学の頃に肺浸潤で一年間休学した経験を持っていた。

母は就学前から小学校低学年の私を連れ、「七里ヶ浜テレジア」と呼ばれるキリスト教団体が運営する結果療養所を何度も訪ねた。死の直前に受洗した長兄が親しかった女性が、この施設で結核の治療のために住み込んでいた。旧制中・高等部を横浜のミッションスクールで過ごした母は、世の動きから隔絶して清楚な生活を続ける、このカトリック女性との語らいに特別なやすらぎ感を得ていたようであった。

その「テレジア」からの帰途、海に向かって急な坂道を降りて行く時に、母はいつも「♪真白き富士の嶺、みどりの江の島～～」と小声で歌った。二番までは歌ったと思うのだが、当時の私が言葉の意味として理解できたのは冒頭の風景描写の部分だけだった。

さだかな記憶ではないが、私は母から「相模湾でボートが転覆して中学生らが亡くなり、それを悲しみ悼む歌です」と聞かされたはずだ。なぜ、そのように思うかと言うと、「いざという時

のために、自分は水泳の訓練を積んでおかなければならない」と我が身に言い聞かせた記憶があるからだ。溺死した少年たちが泳げなかったことが悲劇を招いた、と幼い私は思い込んだのだった。

稲村ヶ崎に立つと、歌の旋律と共に少年の日の記憶が取りとめもなく蘇ってくる。鎌倉時代の武将が金の太刀を投げ込んだという伝説は、小学生の間でも知れ渡っていた。「潜って探そうじゃないか」ということで、夏休みに仲間と泳ぎに来たことがある。大人に注意され、ふてくされて引き上げた。

七里ヶ浜を右手に眺める位置にあるブロンズ製「真白き富士の嶺記念像」は昭和三十九年、創立六十周年を迎えた逗子開成学園が記念事業として建立した。海の底から空を仰ぐような姿とも思える兄弟の像は、遭難死した同中五年生、徳田勝治（当時二十一歳）と、小学校高等科二年生、弟の武三（同十五歳）の姿といわれる。

警察の記録によれば、徳田兄弟の遺体は七里ヶ浜の沖合約三キロの海底で、藻の揺らぐ中で抱き合った状態で発見された。遺体に対面した父親は「最後まで弟をこのように労りくれて…」と絶句したという。徳田家はこの事故で四人の養子の息子を一度に失い、跡継ぎを失って家が絶えた。

兄弟愛の姿を此の世の置き土産に残すことになった徳田勝次だが、県立横浜中学校を素行上の問題で退学させられ、逗子開成に転校してきた〝問題生徒〟の一人であった。遭難したボートの無断出艇の首謀者だったとされる。

稲村ヶ崎は由比ケ浜の西南部に突出する崖である。元弘の乱（一三三三年）で鎌倉を攻めた新田義貞が海神に黄金の太刀を奉納し、たちまち干潮となる奇跡が起きたと伝えられる、その場所である。しかしながら、逗子開成中の生徒らの遭難現場ではない。ボート沈没の推定地点を岸辺から望む七里ヶ浜中間点付近からは一キロほど離れている。

以前には、ボート沈没を記録する石柱が、県立鎌倉高校の下の江ノ電鉄橋付近にあったらしい。昭和六年に「生徒遭難慰霊碑」として地元有志が建てたものという。その由緒ある碑は、稲村ヶ崎の公園にブロンズ像が建立されたのを機に撤去されてしまった。

四

鎌倉女学院は（明治三十七年設立）は〝湘南の女子学習院〟と呼ばれるお嬢さま学校だった。初代校長は逗子開成校長も兼ねる田邊新之助。七里ヶ浜のボート遭難事件があった明治四十二年度には本科、技芸専修科、師範科の三コースに約百名が在籍していた。

同校は同四十三年一月に通学用制服を告示し、「絣の着物に元禄袖。生地は自由だが矢絣は目立つので不可」とされた。これに併せて「慶弔時用礼装」も定められた。それは「生地は絹でも木綿でもよいが黒地に家紋を入れた元禄袖の紋服」と規定され、袴、足袋、履物は自由とされた。

このような礼服姿で五年生の全員と四年生の一部が、逗子開成中学の遭難者合同法要（二月六日）に参列し、併せて追善の斉唱を行ったのだった。

「七里ヶ浜の哀歌」歌詞の三番目「♪み雪は咽びぬ／風さえ騒ぎて／月も星も影をひそめ／み霊よ何処に／迷いておはすか／帰れ早く母の胸に」の部分で、歌う者も聴く者も一斉に泣き出したと伝えられる。

追悼演奏を指揮した三角錫子は数学担当だが、音楽の指導もする優秀な教諭だった。哀調を帯びる旋律は大和田建樹編の『明治唱歌集』から、三角が選び取ったものと推測されている。原曲は長い間、米国人「ガードン」による一八五〇年頃の作である、と伝えられてきた。しかし、讃美歌の研究者らによって後に真相が明らかにされる。

これは一八〇五年にジェレマイア・インガルス（一七六四〜一八二八）が作曲し、五〇年ごろに出版普及した白人霊歌集「クリスチャン・ハーモニー」の中の一曲「Love Divine」を起源とすることが、最近の定説になっている。「ガードン」とは、この曲の別称である「Garden」（園の歌）を日本人が作者名と誤解したことから生じた、〝架空の人物〟だったことになる。しかし、私が持つCD（倍賞千恵子愛歌唱集）の中にある同曲もガードン作となっている。

♪四百余州をこぞる十万余騎の敵〜の「元寇」の歌で知られる大和田建樹（一八五七〜一九一〇）が、明治の中頃に流布していた英語版聖歌集の中から同曲を見出し、日本語の詩を付けたのだった。その題は「夢の外」。聖歌集にあった原曲「When we arrive at home」は、天国に召されて究極の平安を得る宗教的歓びを表現していたが、大和田は「むかしの我が宿、かはらぬ故郷……」と翻訳し、帰郷して父母に会う時の喜びと感謝の気持ちを歌に託した。

三角教諭は大和田の詞を部分的に替え、六番まで作詞した。冒頭の「真白き富士の」に続く単語は三角原稿では「根」という漢字が当てられたが、山容の意味を明らかにするため、歌謡曲化の際に「嶺」と改められた。

大正四年八月にレコード化、同五年六月に楽譜が出版され、巷間に流布した。歌い継がれるうちに長調だったものが短調の歌謡曲に変化した。さらに面白いことに、歌謡曲を経由して再びキリスト教讃美歌に採用され、「いつかは知らねど」（喜多川広作詞、一九五七年）として、今も教会で歌い継がれているそうである。

「三角錫子」はペンネームである。彼女は明治五年に石川県金沢市で生まれ、戸籍上名は「寿々」であった。東京の女子高等師範学校の数学科を卒業し、高等女学校教員の免許を取得。在学中に父親が死去したため、母と弟四人を養うために教員給与が高い北海道の学校に奉職した。典型的な刻苦勉励の女性であったようだ。

彼女は東京、横浜の学校を転々とし、家族への送金に励むうちに胸部疾患を患った。その治療も兼ねて「ベルツ博士がオゾン療法の地として推奨する湘南地方」に白羽の矢を立て、鎌倉女学校に教員採用の願書を出した。三角は明治四十一年四月に数学担当として就任。逗子開成中学の学生寮に近い、田越村池子の農家の離れで一人住まいし、寮生の中にはかなり親しくする者もいたらしい。

彼女は「真白き富士の嶺」のヒットで有名人になったが、その後も淡々と職責をこなし、大正五年三月まで鎌倉女学校で勤務した。三十六歳から四十四歳まで逗子に滞在していたことになる。

三角寿々は同五年四月に東京渋谷区に創設された常盤松女学校の初代校長に招聘された。その頃には胸の病も快癒していたのだろうか。敏腕の校長として学園の経営を安定させ、大正九年に四十九歳で亡くなるまで精励した。

当然のことながら、三角には多くの伝説がある。生涯独身を貫いた〝純潔の麗人〟とも噂された。が、学校法人トキワ松学園（東京目黒区）の資料によれば、北海道での教員時代に結婚の経験があった。また、四人の弟の高等教育を条件に金満家の保護を受けていたことが分かっている。その遺骨は思い出の地である鎌倉の寺に埋葬された。

これこそ偶然の巡りあわせだが、彼女が埋葬された同じ日蓮宗の寺に、ボート遭難事件の徳田四兄弟も無縁仏として眠っている。私は老いた母とともに、その寺を訪れたことがあるが、ボート遭難事件に関係する墓域を見つけることができなかった。

石塚と三角の二人の教育者は、同じ地域で活動し、お見合い結婚の話もあった関係だが、ボート遭難事件により人生の明暗を大きく分けた。石塚の側に立つと、事実の歪曲や物語化が人の志を挫き、一生を狂わすことの典型的な事例を見る思いである。

「真白き富士の嶺」の曲中、歌われる機会が少ない四番から六番までを記しておく。六番の歌詞には三角自身の人には言えぬような特別な感情がこもっているように思う。

♪み空にかがやく朝日のみ光／暗に沈む親の心／黄金も宝も何しに集めん／神よ早く我も召せよ。

♪雲間に昇りし昨日の月影／今は見えぬ人の姿／悲しさ余りて寝られぬ枕に／響く波のおとも高し。

♪帰らぬ浪路に友よぶ千鳥に／我も恋し失せし人よ／尽きせぬ恨みに泣く音は共々／今日もあすも斯くて永久に。

五

鬼やらひが終った二月初旬であった。あれこれと思い巡らしながら、私は稲村ヶ崎の「真白き富士の嶺記念像」の前の岩に腰かけていた。腕時計の針は午後二時を指している。

老人ホームの外出許可を得た母もいる。海岸の岩場へと続く石段を下り、波しぶきを頭から浴びた母は、「いつも私は一人で来て、この波をかぶるのよ」と、意味不明なことを言った。

輪郭がはっきりしない冬の太陽が、江ノ島の方角に向けて鷗たちを呼び込むかのようだ。七里ヶ浜に向って左側には伊豆の山々がつらなり、その右側には箱根連山が横たわる。富士山の両肩の傾斜が心地よい形を作っていた。

この季節、陸から相模湾に木枯らしが吹き込む。その風に翻弄されて転覆、遭難したくだんのボートは「箱根号」と名付けられていた。それは海軍の横須賀鎮守府から海洋教育用として無償で提供されたものだった。

軍艦の備品だったボートの形式は「カッター」あるいは「ギグ」、「ホエーラー」とも言われていて、定かではない。片舷に三本、両舷計六本のオールが付いた「短艇」であり、長さは約九メートル。手漕と帆走のどちらも可能なタイプだったと推定される。

その特徴は両舷に各三個、計六個の着脱式クラッチ（オールを固定する器具）が付いていたことだ。同校の管理規定では、クラッチとオールは田越川の左岸に事務所を置く建築業者に、ボート本体は日蔭茶屋近くの漁師の家に保管を依頼していた。このように二重の体制により、出艇許可をチェックする仕組みだったという。

「当時職員は一人も在校せず、其上ボートの番人も不在にて番人の女房が只一人のため生徒等に脅かされて貸渡したるものなり」とは、前述の明治四十三年一月二十五日付東京朝日新聞の記事の一節である。事故直後に取材を受けた田邊新之助校長が新聞記者に対し、このように説明したのであろう。生徒たちの悪質さが過度に強調されているように私には思えるのだが……。

五年生の徳田勝治らが主導する無断出艇の行為が、いかにして可能になったのかは、「真白き富士の嶺」物語をめぐる一つの謎だ。宮内寒彌氏の小説は、調べ上げた事実の報告として次のように記述していた。

――乗艇許可証はないのに適当な理由を設けて、そのクラッチとオールを借り出すことも、無断乗艇の楽しみの一つにしていた主謀者格の年長組生徒達が番人小屋を訪ねた時、管理人夫婦は不在で、小学四年生の長男しかいなかった。そのため、主謀者格の生徒達は出艇のための不可欠用具であるクラッチとオール一隻分を、難なく借り出すことができて、……

――ここでも、第二の僥倖が待ち受けていた。乗艇許可証を見せなければ、出艇を許可しないようにボートの管理を依頼されていた地元漁師が、葉山本村の消防団出初式に出かけて留守であった。生徒達がそこまで事前調査した上で、無断出艇の決行に踏み切ったとは考えられない。恐らく蛮勇的な出た所勝負を楽しみの一つにしていたのであろうが、……

かくしてボートは葉山湾の長者ヶ崎を左手に見ながら、江ノ島を目指して出発した。海鳥を撃ちながら江ノ島にたどり着き、船酔いした生徒一人を上陸させ、その帰路に七里ヶ浜沖で転覆した――と伝えられてきた。しかし、これも誤りであるらしい。上陸して命拾いした生徒は「内田」(当時一年生)だが、後になって最初から乗艇していなかったことが判明した。溺死した三年生の内田金之助と混同されたようだ。「箱根号」は江ノ島に到着する前に、つまり海に乗り出した直後に、七里ヶ浜投沖で投錨し、停滞中に遭難した可能性が濃厚であった。

捜索・救助に駆り出された地元の漁船は三十数艘だった。二本のオールに摑まった状態で稲村ヶ崎の沖合を漂流し、救出後に間もなく死亡確認された木下三郎(五年生)以外の遭難者は容易に発見できなかった。遭難個体が潮に流され、外洋に流出する可能性も指摘されたため、横須賀鎮守府から特派された駆逐艦「吹雪」「霰」の二艦が湾の外を哨戒した。

海沿いの人家、ふだんは操業する漁船も多い七里ヶ浜沖で、ボート遭難の目撃者がまったく現れないことも不思議だった。当日は沿岸一帯で消防の出初式があり、漁師らは操業を控えていたらしい。

学校舎監としての石塚巳三郎は、その業務日誌に「生徒達の不心得が江の島対岸なる片瀬龍口寺の末社龍口明神社の祭神なる五頭の龍の怒りに触れて、ボートごと波に呑み込まれたならむ、との説をなす者さへあるは笑止なれども、一瞬にして水没したることは間違ひなきものと考へられ、その酷たらしさには寒気を催す思ひなり」と書き付けた。

抱き合った形が記念ブロンズ像のモデルになった徳田兄弟の遺体は、捜索三日目の雪がちらつき始めた夕刻、七里ヶ浜の中間地点の行合川の沖合約三キロの海底で見つかった。水中眼鏡を使って捜索中の一隻の漁船が、水深十メートル以内の海藻の中で一体を発見し、僚船を呼んで鍵綱の端に着衣部分を絡ませて引き揚げたところ、二体が密着していた。

「水中にても兄が弟を強く抱きしめ……」と語り伝えられる。が、十分に泳げなかった十五歳の弟が恐怖のあまりに二十歳の兄に抱きつき、二人とも自由を失ってもがき沈み、溺死に至ったのではなかろうか。

遭難原因を特定する決め手となる「箱根号」は、捜索四日目の一月二十七日十二時三十分過ぎに発見された。行合川の沖合千五百メートル、江ノ島東方二千メートル、水深二十メートルの海面下であった。船体は重さ十貫余（約四十キログラム）の錨につながれ、錨索に艇首を引き込まれたような逆立ちの状態だった。

発見した漁師は「錨は海底に沈下して錘となり、錨索が海面上に艇が浮上するのを引き留めてゐたり」と報告した。状況証拠として重要な点は、横倒しの「箱根号」が艇身に対して直角に帆檣を突き出し、満帆の状態で帆走の用意をしていたことだった。帆綱は結索固定したままであった。

このことから、「箱根号」は、揚げていた帆に風圧をまともに受けたにもかかわらず、帆綱を緩めるなどの適切な操艇をおこたり、転覆を招いたものと推量されたのだった。

乗っていた十三人は錨を下ろし、猟銃で海鳥を狙っていたのだろうか。あるいは片側の舷に一時に体重を移動し、艇のバランスを崩したのだろうか。いずれにしろ、相模湾を渡る強風が「箱根号」の帆をとらえ、船体を押し倒したことはほぼ間違いない。

私は自分が三人乗りのボートを操っていて、不用意に移動して転覆した経験を思い出しながら、暮れなずむ稲村ケ崎の海面を見つめた。遭難した生徒たちの無念を思った。彼らが海水の中から叫んだ最後の言葉は何だったのか。丹沢、箱根の連山遥かに聳えている富士山は悲劇の一部始終を見とどけていたに違いない。

横須賀管区海軍気象観測隊の記録によれば、事件発生当日の相模湾東部地方の天候は「曇後晴」。風速は午前十時には三・二米であり、風向は「北」。午後二時には風速五米、風向「北西」。巷間の物語に伝えられるような荒天ではなかったようだ。しかし、この時期に相模湾を渡る北風は、七里ヶ浜の沖合二千メートル線の付近から、不規則な突風を生じることがしばしばある。沿岸の漁師たちは「ならひ」と呼んで特に警戒していたらしい。

「箱根号」はかつて日清戦争で活躍した防護巡洋艦「松島」の所有だった。徳冨蘆花の『不如帰』の中では、主人公の浪子の夫武雄が乗っていた軍艦である。明治四十年十一月に台湾澎湖島に停泊中に爆発事故を起こして沈没したが、引き揚げられた短艇二艘が逗子開成に寄付されたのだった。

まさに「偶然と時間が織りなす人生の曲折に、一篇の小説が深く影を落としていることに驚きを禁じえない」とは、先に名を上げた峯岸研究員の言葉である。

六

相模湾に日没が近付いている。「お母さんの体が冷えるといけないから」と、妻が私をしきりにせっつく。私たち三人の日帰りの散策も切り上げ時を迎えていた。

中空を白鷺の群れが海から陸へと渡っていく。黒い鵜が海面すれすれに江ノ島の方を目指して飛ぶ。一方、鳶《とび》と鷗《かもめ》は落日を惜しむかのように乱れ舞っていた。

鎌倉幕府の公式記録『吾妻鏡』は、この稲村ヶ崎を不吉な場所として記録している。建久九（一一九八）年十二月の逸話は鎌倉殿（源頼朝）の死因に関わる凶事となった。

——右大将殿相模河の橋供養に出で還り給ひけるに、稲村ヶ崎にて海上に十歳許りなる童子の現じ給ひて、汝を此程随分怨みつるに今こそ見付けたれ。我をば誰とか見る。西海に没せし安徳天皇なり、とて失せ給ひぬ。

この幻の童子は壇ノ浦の戦いで入水した七歳の幼帝である。そのまま行き過ぎた頼朝は、その日行われた橋普請の帰途に落馬し、その怪我がもとで五十三歳で没した。「腰越の龍口明神の五頭龍」を持ち出すまでもなく、稲村ヶ崎は不吉な場所なのだ。早々に引き揚げるべきかもしれない。私は江ノ島方面に向かって浜辺伝いに歩き出した。

腰越の小動ヶ崎に至る海辺が「七里ヶ浜」だが、この地名は鎌倉時代にはなかった。「腰越の浦」または「浜」と呼ばれていたらしい。平家物語の「腰越状事件」のくだりに出て来る「金洗沢」の地は、後に義経の首実検の場にもなった。江ノ電の「鎌倉高校前」駅と「七里ヶ浜」駅の中間にその名が残っている。

幼少期の私が母に連れて行かれた「テレジア」は鎌高前駅から徒歩五分の地にある「社会福祉法人聖テレジア

会」のことだ。昭和四年にアルベルト・ブルトン司教により結核療養所として開設された。現在も病院のほかに訪問看護、障害児通所支援などを行っている。古くは「聖母訪問会」「敬愛会」とも呼ばれていたらしい。私の記憶の中にある木造の病舎や、浜辺に通じる小さな階段は今、見つからなかった。

その坂道を下りながら、ここはなぜ七里ヶ浜と呼ばれることになったのだろうか、と素朴な疑問がわいた。実際に歩けば二・五キロほどしかない。六町を一里とする昔の〝関東里〟で算出しても「七里」の半分に満たないのだ。

久方ぶりに海辺の景観を楽しむことができた母は、頰に赤味が差していた。「江ノ島はあんな形じゃなかった」とか意味不明のことを言う。家内の運転する車で老人ホームまで、一足先に送ることにした。

夕闇に追われるようにして、一人で稲村ヶ崎から腰越まで歩いた私は、片瀬の向洋荘に泊るのもよいと考えた。しかし、ボート遭難事件当時の逗子開成の校長、田邊新之助(一八六二〜一九四四年)のことを調べてみようと急に思い立った。小田急線を使って新宿経由で帰ることにした。

田邊校長は当時四十八歳だった。ボート遭難事故で引責辞任することはなく、以後十四年間も逗子開成の校長職に留まった。さらに二十年間、昭和九年まで兄妹校の鎌倉女学院の理事兼校長を務めた。地元の尊敬を一身に集め、漢籍研究に打ち込みながら八十二歳で亡くなった。

生徒らの無謀な冒険を抑止できなかったために引責辞任し、生涯放浪に至った石塚巳三郎教諭とは余りにも大きな格差である。田邊が尊敬を集めながら教育界にとどまり続けたことが、余りにも不公平に見えてくる。だが、調べてみて分かったことだが、実際には田邊は大いに苦悩し、容赦のない世評と長いあいだ闘ったのだった。

田邊は唐津藩士の家に生まれ、江戸の昌平坂学問所の教師らの薫陶を受けた。教育者としての才能を評価されて東京開成中学（一時は府立）に奉職し、三十五歳で第五代校長に就任した。海軍からの要請を受けて、鎌倉逗子方面で新設校の可能性をさぐった。明治三十六（一九〇三）年に池子東昌寺に「第二（逗子）開成」を、同三十七年に鎌倉大町に「鎌倉女学院」を開いた。

田邊は明治三十九年に逗子開成の校長兼務を一時的に離れるが、ボート遭難事件の起こる半年前の同四十二年六月に再任されていた。遭難の翌月に行われた法要の席で「責任を取れ」の声が高まったことは既に書いたが、その後に遺族から莫大な損害賠償金を請求された。田邊は一年後に東京開成の校長を辞任し、鎌倉女学院の敷地を売却して賠償金の支払いに充てた。

田邊が逗子開成の校長に留任したのは、賠償責任を果たすと共に猛烈なバッシングに耐え、盾となって学校を存続するためだった。彼の長男は当時二十五歳であり、東京帝大で数理哲学を学びながら父新之助の苦闘の日々を見つめていた。

この長男こそ、昭和二十五年に文化勲章を受けた哲学者、田邊元（一八八五～一九六二）である。『善の研究』の西田幾多郎と並んで京都学派の代表として知られた。私たちは田邊「げん」と呼ぶが、本当は「はじめ」と読むそうだ。

田邊元の名著は『数理の歴史主義展開』と『相対性理論の弁証法』とされるが、学生時代の私には難解で歯が立たなかった。しかし、北軽井沢で若者向けに行った講義記録『哲学入門』（筑摩書房）は、早稲田の政治学科生の頃に懸命に読み込んだ記憶がある。今回、書庫を探ると埃まみれの状態で見つかった。

同書は二十万部を超えるベストセラーだった。ハイデッガー哲学の概要と批判が解説されている。注目したいのは、人間の有限性の認識から相対的実在へ、つまり社会あっての「個」という主張が明快に展開されることだ。こういう読み方が正しいかどうかは疑問もあるが、「連結点」とい概念で「人間の解放」への連帯行動を求める論理に、大学生の私たちは魅了された。

田邊元哲学は数理学から進化論へ、そして「実社会に生きる絆の重視」を主張しながら完成に向かった。それは教育者の社会的責任を全うした父親の姿に影響されたうえでの思想の成熟、展開だったのではなかろうか。半人前の哲学徒の拙い憶測ではあるが、遭難事件への献花の一つのつもりで記しておきたい。

最後に宮内寒彌氏の「余話」を再び紹介したい。鎌倉観光バスのガイド嬢らは逗子開成中のボート遭難事故に尾ひれをつけてマイクを握るのだそうだ。荒天にもかかわらず出艇に踏み切った理由は、鵠沼海岸で療養する結核病の少女を見舞いに行くためだったとか。このような歪曲ぶりに対し、宮内氏は観光会社に抗議したことがあるらしい。しかし、映画化される時もいつも病気と恋の物語に変身するのだという。

もう一つの話。くだんのボートの保管の状態について、第六回卒業生（大正元年）の証言があった。「箱根号」は長者ヶ崎の岩場にロープで繋がれており、艇庫に厳重に保管されていたという状態でもなかったらしい。「開成の生徒なら、クラッチとオールを持ってきさえすれば誰でも乗っていいことになっていたんだから、世間でいわれているような規則違反の無断乗艇などという代物じゃなかったんだ」との指摘である。

事実と言い伝えの間に横たわる距離は七里ヶ浜の「七里」の虚構にも似ている。これらの余話により、私は何かほっとする気分になるのである。

晩年の宮内氏は大磯町に住んだ。昭和五十八（一九八三）年三月、七十一歳で亡くなった。（了）

道祖神の口笛

一

古い話である。一人の青年が仙台市の商家の二階八畳間で寝ころがっていた。長い戦争のさなかの昭和十九年六月上旬のことであった。階下のラジオから「鈴懸《すずかけ》の径」の曲が流れていた。

南側の窓から城跡が見える。まばらな石垣が若夏の陽光を跳ね返している。首藤善介は「寝ていてもしようがない。新緑の中でも歩いてみるか」と呟きながら、だるい体を引き起こした。

彼は東北帝大の学生である。四年越しとなる肺浸潤症は快方に向かっている、と自分では思う。しかし、微熱がいつも下がらない。深夜に咳き込み、痰の中に血が混じることもあった。

午後から近辺一帯で行われる防火演習は欠席するつもりだ。身を寄せる親戚の家の亭主は隣組の連合会の班長を務めるが、善介の病弱を気遣ってうるさいことを言わなかった。

彼は法文学部の文科独語クラスにいる。数え年で二十四歳なので老学生のうちに入るだろう。それは胸部疾患のために中学校と私大予科で病気休学したためだった。

彼の実家は東京芝区にある。正金銀行に勤める父親が宮城県岩沼の出身であった。一昨年、父は「空気のいいところで、学問でもしていたらいいだろう」と彼を郷里に送った。

幸いなことに、東北帝大は旧制高校の卒業生でなくても受験資格を与えていた。善介はそれなりの勉強をして合格を果たした。仙台市の老舗の家具商に嫁いだ叔母を頼って下宿させてもらっている。

彼は元柳町の下宿から片平町の大学まで通うのに、いつも少し遠回りする。市街地の西を蛇行する広瀬川の岸辺を歩くのが好きだった。二高出身の父が蜂の意匠の古い帽章を送ってくれた。それを布製の鞄に付けて歩き、此の地の学生生活に仲間入りした気分になっている。

病身ながらも帝大生になった自分の姿が嬉しくもあり、一方では、非常時に成人男子として一人前の貢献ができないことに一抹のやましさも感じた。

街を吹き抜ける風が東京のそれよりも爽やかである。時折、海の匂いが運ばれてくる。彼はそれが自分の胸部の疾患に良い影響を与えるものと思い込んでいた。

長袖シャツに腕を通しながら、彼はため息をついた。今月中に専攻科目を絞り込み、学部事務所に届ける決まりだが、本腰を入れて何を学ぶべきなのかが判然としてこなかった。

第一、学業に集中できるような日々ではない。戦争の行方が重大な懸念だった。大本営発表では「連戦連勝」だが、大陸の戦線は十年以上も続き、欧米列強を相手取る太平洋、インドシナ方面の戦線も、開戦時のような勢いはない。戦死者の増加と物資の欠乏が容易ならざる事態を物語っていた。

前日に追廻河原で火器操練があり、この日は休講日である。午前九時、彼は学生服に巻脚絆の姿で下宿を出た。岩沼の祖父母のところへ顔を見せに行くつもりだ。読みかけの和辻哲郎著『ニイチェ研究』と軍用水筒を鞄の中に入れた。肴町の和菓子店「卯月」に寄り、大町横丁から芭蕉の辻へ抜け、市電の狐小路に向かった。

芭蕉の辻は城下町のほぼ中心にある。奥州街道と大町通りが交差し、江戸時代には忠孝顕彰の札や切支丹禁制の御触書などが掲げられたという。四隅の白壁櫓《やぐら》のうちの一つだけが今に残り、戦時色を映したポスターが貼り出されていた。

「撃ちてし止まむ」、「欲しがりません、勝つまでは」、「一億総火の玉だ」……。大袈裟で空虚な標語が、却って皇国の切迫した実情を物語っていた。二年前の翼賛選挙以来、政治家たちは軍部

の言いなりであり、戦争指導に盲従しているとしか思えなかった。
善介が腹立たしく思うのは、学問の世界への圧迫が露骨になったことだった。東京、京都の帝大では高名な教授らが自由主義思想を非難されて退職に追い込まれた。東北帝大でも配属将校の姿が目障りだった。教職員や学生の動向を監視し、読書の傾向にまで探りを入れる特高の私服警官も出没した。
思想の自由への圧迫に対して義憤を感じながら、善介は「今、自分がやるべきことは学問である」と念仏のように繰り返した。が、実のところは自己の生への焦燥感が募るばかりであった。
兵員不足を補うため、昭和十六年十月から大学、高専の繰り上げ卒業が実施された。さらに十八年六月、「学徒戦時動員体制確立要綱」が閣議決定された。同年秋には、文科系大学生の徴兵猶予が停止された。それは卒業予定に関係なく臨時徴兵検査を行い、年末までに入隊させる強硬な方針だった。その噂は以前からあり、大学の教職員らは戦々恐々としていた。実際に通達されると学内は騒然となった。東京では十月二十一日、文部省主催の出陣学徒壮行会が挙行された。仙台でも数日を置いて宮城野練兵場にて同様な儀式が行われた。

善介もその隊列に加わったが、「丙種合格」「病気療養中」の彼は大学に通い続けた。入営する繰上卒業組の学友に申し訳ない思いが募った。

法文学部の講義は大幅に削減された。学生たちは分散して軍需工場での勤労奉仕に出かけた。病身の善介も週二回、鉄砲町の工場に出かけ、第二師団第四連隊の野砲部品の修理と研磨の作業に従事した。

この五月初めに学内が再び騒然となった。文部省が「勤労即教育」の方針を打ち出し、「学校報国隊」制度なるものを構想中だという。大学当局も抵抗しきれないだろう、というのが級友らの一致した見解だった。彼は全身を縛られるような窮屈感を覚えた。

頭上には若夏の爽やかな空があるのに、強まる一方の戦時色を怨まざるを得なかった。彼は学帽を目深にかぶり、市電の降車駅から国鉄仙台駅へと歩いた。弁当代わりに二個ずつ買った大福餅と柏餅が鞄の中で揺れていた。

「卯月」の店番に出ていた娘の姿が忘れられない。連坊小路の宮城女専に通学しているらしい。久留米絣のもんぺ姿が華奢で清らかだった。

「よく晴れて何よりでした。これからお出かけですね。お茶も要りますよね」

その気遣いが何とも嬉しかった。彼は「では、遠慮なく」と、皇紀二千六百年の文字入りの水筒を差し出した。

彼女は元寺小路の第一高女を卒業し、この春に女専に入学したばかりと聞いた。十七歳のはずだが、妹と弟がいるためか立ち居振る舞いが実に落ち着いている。善介はいつも彼女を見かける度に「美しい人だな」と思う。が、名前を知らなかった。

その娘の透き通るような笑顔の記憶とともに、彼は東北本線の上り線ホームに立っていた。資源節約令を反映して運行時刻表が改正され、四月から上下線とも本数が大幅に減らされた。駅の構内にはどこか殺気立つものがあった。

常磐線の平方面に向かう列車が到着し、彼は足早に乗り込んだ。大きな荷を背にする者が多かった。しかし、四人掛けの座席には余裕があり、彼は通路にはみ出た荷の間を抜け、痩せた体を滑り込ませた。

学生服の彼は、誰かに何か言われたら直ぐに立って席を譲ろうと思った。彼と同時に乗り込んだ中年の男は向かいの席に座り、厚手の小型本を開いて読み始めていた。

その男の身なりは普通ではなかった。貨物車が連結される間、善介は男の姿を遠慮なく見つめた。

太い眉と高い鼻が特徴的だった。非常時の今日、外出する男の多くは銃後の指定服装「国民服」のカーキ色の上下、兵隊帽、ゲートル巻きの姿である。しかし、その男は自家製と思われるボタン式の薄紫色のジャンパーに黒ズボン、ゲートルなしだった。長髪を隠すようにして汚れたテニス帽をかぶっていた。その全身から、何やら不遜な感じが漂っていた。

発車のベルが止んで機関車が動き出した。うるさいほどの金属音を響かせながら広瀬川を渡って行く。緑色の草に覆われた土手と水面のさざなみが垣間見えた。その時、あいさつの言葉もなく唐突に男が話しかけてきた。

「君は帝大の学生だね。服装がきりっとしていて好感が持てるよ。何を専攻しているの？」

その声は落ち着きがあったが、どこか高飛車であった。それでいて微かに甘い響きがある。その問いは善介の心の傷に触れた。彼は「文科です」とだけ答え、続くべき説明の言葉を呑み込んだ。

「わたしも文科だったよ」と男は言った。

「十年以上も前のことだがね。わたしは一応、仏文の専攻生だった。本はかなり読んだが、日本語に訳されたものばかり。こっちが悪くなり、中退してしまったが……」

男は右手の親指で自分の胸を指した。人差し指と中指が変色しており、かなり煙草を吸うのに違いない。左手で持つ本は二段組の小さな活字で埋まっており、鉄道省編『日本案内記』のようである。善介は言葉遣いに気をつけながら男に応じた。

「岩沼まで参ります。祖父母の家があります。昨日、火器操練の特別演習があったので、今日は講義も教練もないのです」

「わたしは青森まで出張し、東京に帰るところだよ。この先の増田とかいう小さな駅で降り、野暮用をすませようかと思っている」

「へえ〜、増田は岩沼の手前です。今は廃線になりましたが、五年ほど前までは閖上《ゆりあげ》の方へ行く増東軌道線という鉄道の発着点になっていました。大きくはないけど有名な駅ですよ。付近にご親戚でもあるのですか?」

「いや、そういうまともな用ではない。このご時世に叱られるかもしれないが、古い歌人、ウタビトの塚を探し歩きに行くのだ」

男は意外なことを言った。見たところ、大学や高校の教師には見えなかった。その用事が「歌人の塚を探す」と聞いて、善介は興味をそそられた。

彼は乏しい知識を絞り出して「歌枕で有名な武隈《たけくま》の松の関係ですか?」と聞いてみた。が、男は薄笑いするだけで答えなかった。

祖父の屋敷がある岩沼千貫から東に二キロほど離れたところに竹駒神社という壮麗な社殿があり、善介は初午大祭を見物したことがある。根元から二股に分かれた松の大木があり、それが「武隈の松」だった。

「僕が訪ねたいと思っているのは、平安時代の気障な宮仕え人が葬られた古塚だ。運よく見つかってくれれば良いのだが……」

聞き返して無知をさらけ出すのも口惜しい。「仙台の学生はそんなことも知らないのか」などと言われたら、帝大の名に傷がつく。そう思った善介は質問を迂回させることにした。

「あなたは仙台駅から乗車されたようにお見受けしましたが、昨夜は市内で宿泊されたのですか?」

「そう。青森駅を朝八時発の列車で発って、九時間もかかって仙台に着いた。腹も減ったし、座り疲れたね。二百四十マイル来て東京までの距離のちょうど半分だ。奥州とはよく言ったもので東北は奥が深い。そして何か悲しいよ」

その口ぶりには自嘲的な響きがあった。無理に東京ことばを使っている不自然なアクセントもある。しかも、青森―仙台間の約四百キロをわざわざ鉄道用語のマイル換算で言わなくてもいいだろう。善介は「こいつは気障なやつだな」と思った。

汽車はきわめて緩慢に進み、広い操車場のある長町駅を通り過ぎた。善介は初対面の男に対してかすかな対抗心が湧くのを覚えた。

「宿はどちらだったのですか?」

「それがね、少し紛らわしいことがあってね」

と男は眉を寄せながらかすかに笑った。

「駅の看板に〝芭蕉館〟という旅館の名が出ていたので、おもしろいと思って訪ねてみた。そうしたら、太った女主人が出て来て〝食べ物が無いのでお泊めできません〟と言うじゃないか。〝自分用の米は持ってきた〟と言ったのだが、取りつく島がない。それで、少し歩いて中村旅館という老舗の宿に泊ることにした」

「その旅館は東四番丁ですね。芭蕉館も老舗ですが、最近は客を取らないみたいです。看板は大きいけれど……。実は、わたくしの下宿はその近くですよ」

「そうだったか。いやあ、俳句の松尾芭蕉とどんな関係なのかも聞かずじまいだった。歩けば、芭蕉園という茶屋もある。さらに芭蕉の辻という四つ角もある。ところが、それがね……」

男は言葉を切った。ガラスの節約のために三段式になった木製の窓枠に額を近づけ、外の景色に目を凝らしていた。彫りが深く、派手なつくりの横顔であった。列車が少し速度を上げた時、男がふたたび口を開いた。

「いま過ぎた二本目の川は名取川《なとりがわ》だったかな。あの笛の名手の名取太郎の……」

そんな笛吹きの男の名に善介は聞き覚えがない。聞き返すのも癪なので「もうすぐ陸前中田駅に停車するところです。次の駅が増田ですよ」とぶっきらぼうに教えてやった。

「ありがとう。仙台からは近かったな。あっという間に降りる用意だ」と、男は大きなリュックサックと風呂敷包を網棚から下ろしにかかった。善介は手伝わずに男の動きを見つめていた。

「君は何となく、僕の若い頃に似ているよ。もう少し話をしたかったがな……」

人なつこそうな笑顔が少し歪んでいる。善介は「まるで写楽の役者絵みたいな顔付きだ」と思った。

次の瞬間、彼は一種の勢いから男に告げてしまった。

「僕も増田駅で降りたくなりました。古い歌人の塚を探すのに同行させてください」

二

薄汚れた白いテニス帽の中年男と、学生服にゲートル姿の若者が肩を並べて東北本線の増田駅の改札口を出た。

男は長身で猫背だった。改札で切符を渡す際、旅行案内の頁を開きながら「名取郡愛島《めでしま》村の塩《しお》手《で》というところに行きたいのだが……」と大きな声で聞いた。年配の駅員は西の方角を指しながら「そうさな、一里ぐらいかな」と答えた。

巣づくりに励む燕が駅舎の中を飛びまわり、チチッチチッという高い声を発していた。男は二つの荷物を駅に預け、手札を受け取った。赤線の入った帽子の駅員が一人いるほかは、事務所で働いているのは女性ばかりだった。

「古塚の主だがね、藤原実方という男なんだ。百人一首に入ったほどの有名人だが、墓はこんな僻遠の地にあるんだよ」

「その名前は聞いたことがあります。どうしてまた、わざわざ墓を訪ねることに？」

小さな冒険が始まるようで、善介の気持ちは高まっていた。東京の二人の妹が正月に遊ぶ百人一首の中に、実方中将という名があったと記憶する。しかし、その和歌は覚えていない。実方の墓がこの名取郡にあることなぞ、まったく聞いたことがなかった。

行く手に画布のように平板な青空があり、梅雨入り前の白い雲が泳いでいる。郭公《かっこう》がしきりに鳴いていた。

その郭公は南から渡って来たばかりのはずだ。農家の屋敷森に居るようだった。男はその方角を一瞥し、ズック靴の紐を揺らして大股で歩いていく。善介の革靴がその後に続いた。

男は突然、文庫本の中ほどの頁を開き、鉄道唱歌の旋律を口ずさんだ。バリトンのなかなか良い声であった。

「勇む笛の音いそぐ人／汽車は着きけり青森に／むかしは陸路廿日道／今は鉄道一昼夜」、「むかしは鬼の住家とて／人のおそれし陸奥の／はてまでゆきて時の間に／かえる事こそめでたけれ」

そして、男は「ふん、何か馬鹿にしてやがるな」と言って鼻歌をやめ、善介の顔をのぞきこんだ。

「君、お名前は?」

「首藤です。シュは首という字、それに花の藤。濁らずにトウです」

「そうか、首藤君ね。僕はそうだな、いろんな名前持っているのだが、今日はオオバで行く。大きい庭だ。よろしくね」

「いろんな名前って、なんか作家みたいですね」

「そう、僕はこれでも文士なんだよ。苦心して書いた小説を本にするが、なかなか売れないね。自分では良い仕事していると思うのだが……。俳句も作る。頼まれれば得意顔で色紙に揮毫もする。だから、適当な名前がいっぱいある」

こいつは変わっている。善介は思わず笑ってしまった。戦時の服装令に従わないでいるのも、何やら合点が行った。名前がいくつもあるというのも尋常ではない。

「あそこに奥州街道という表示が出ている。この辺りは芭蕉と曾良が歩いたところだろう」と、男は前方を指さしながら言った。

道の両側は水田である。田植えを済ませてから十日ほど経っているようだ。湛えた水が青い空を映しており、早苗はいかにも柔らかそうだった。

大庭と名乗った男は足を止め、青田の風景を眺めていた。そして、小声で言った。

「この辺りの稲の緑には活力がある。僕は津軽の生まれだが、ふるさとで見てきた早苗はもっと華奢《きゃしゃ》だった」

「まだ、成長していないからでしょう。この季節、太陽の光を吸ってどんどん緑色が濃くなります」

「そうだな。青年の知性が日ごとに逞しくなるようにな」

男の言葉の中に何やら嫌味があるのを感じた。それは善介の内部のひけ目感情に由来するものかもしれなかったが……。

「少し大人びているが、君は何歳なの？」

「二十三になります」

「僕はもう四十男だ。君と同じ齢頃には、気分だけの政治活動家だった。すぐに挫折したけどね。ところで、君は訛りというものがないね」

「父が宮城県の出身ですが、わたくしは東京の芝で育ちました。病気療養でこっちに来て二年経ちます」

「ふ～ん、そうか。僕はね、いまだに発音で苦労する。〝雀の子と言ってみろ〟と、からかって来る嫌な奴もいる」

「……」

「そんなことはどうでもいいが、嫌なご時世だよな。学徒出陣なんて、ひどい話だよ。君は赤紙の方は大丈夫なの？」

「まだです。兵隊検査の時、肺浸潤があって丙種合格になりました。補充兵として自宅待機の扱いです」

「そうか、わたしもだよ。〝一旦、緩急アレバ義勇公ニ奉ズベシ〟と言うじゃないか。丙だって合格のうちさ。われわれは似た者同士だな」

善介はいくぶん声を落として答えたつもりだったが、大庭は大袈裟に反応し、不敵な笑い声すら上げた。

「お国の役に立つには兵役以外にも別の方法がある。自分にやれることをやるんだよ。僕はこれでも報国の文士だ。君だって報国の学生。そんな丙種の二人組が縁あって奥の細道をとぼとぼ歩いている。芭蕉と曾良みたいだぜ。面白いよな」

嫌なことを言う男であった。『奥の細道』ならば、平泉や象潟の描写と俳句のいくつかを覚えている。たしか「不易流行」という言葉も受験参考書に出ていた。しかし、その全体は読んだことがない。

――歌人の墓は『奥の細道』とどんな関係があるのだろうか。そのあたりを聞いてみたい。しかし、皮肉を言う男の前で、こっちの無知をさらけ出し、墓穴を掘るのは避けなければ……。

そんな善介の思惑を無視するかのように、大庭は仙台市内の一夜について反芻し始めた。

「僕はお酒がないと寂しくてかなわない質でね、旅館の女中さんが良い相手をしてくれたので大助かりだった」

「それは良い旅になりましたね。旅の神様に感謝ですね」

「その通り。僕は家ではいつも和服だ。仙台平の愛好者でね、今回もリュックの中に忍ばせて青森まで行った。それを言ったら、女中さんが喜ぶこと。そのまま話し込んだという訳さ」

「……」

「床の間も立派だったし、便所も清潔だった。女も気が利いている。それで、芭蕉の辻について聞いてみた。それには小話が……」

「俳句の芭蕉とは関係が無いって言うのじゃないですか」

男はおもしろい話をしてやろうという素振りだったが、善介は対抗心から先回りして言ってやった。

「そうなんだ。地元の帝大生なら知っていて当たり前か。旅人は騙されてしまうよ。なにせ『奥の細道』の重要な舞台だからね」

大庭は話し続けた。その茶化したような説明によれば、芭蕉と曾良は元禄二年の陰暦三月に深川の庵を出て那須、日光に滞在し、五月初旬に仙台城下に入った。太陽暦に換算すると六月初旬である。芭蕉は松島に向かうまでの四日間を城下で過ごし、連日、俳諧〝運座〟を挙行したという。

「翁なんて呼ぶが、当時の芭蕉は四十五歳。曾良の随行記によれば、白石から仙台まで一日に五十キロも歩いている。仙台にある芭蕉の辻だが、僕はてっきり俳諧に関係する遺蹟だと思ったのだが……」

大庭が聞き込んだ話によると、芭蕉の辻は仙台藩に仕えた「芭蕉」という名の男を記念するものだった。その別人の芭蕉は虚無僧であり、伊達政宗の密命によって諸国を巡って情報を収集する活動を行い、その功績により城下の一角に屋敷を与えられたらしい。

善介もそこまでは知らなかった。〝場所の辻〟が訛ったぐらいに思っていた。下宿の近隣に関する新知識である。大庭にとっては、その紛らわしさが旅の情緒のひとつでもあるらしかった。

「芭蕉と曾良の旅は今風に言えば、〝蕉風〟の宣伝旅行みたいなものだったのさ。しかし、僕はこの俳諧紀行文をわが国文学史上の大傑作だと信じている。深甚なる敬意を込めて何度も読む。旅行という客観事実を素材にして、文学というものの本質を問うている。紀行がそのまま優れた物語だ。これこそが〝単一表現〟の極みとも言える芸術作品に仕上がっている」

大庭の話し方にはリズム感があり、いかにも作り話がうまそうだった。しかし、不可解な単語

ばかり使う男である。善介は質問したい気持ちを抑えて聞くことにした。
「ところが、だ。昨年、曾良の随行記、つまり旅日記が発見されて小川書房という本屋から出版された。これがよく売れてね、われわれ文学仲間の間で大いに話題になった。こいつを見ると芭蕉という男は相当の嘘つきなのさ。旅行記としての『奥の細道』の重要な部分は半分ぐらいまで

フィクションだと言ってもいい」

芭蕉は白石を発ってから岩沼で一泊し、武隈の松を訪れたと『奥の細道』に書かれているが、実際には泊らずに仙台まで歩き通していたという。

「自分たちの健脚をあえて隠しているようなんだ。疲労困憊とか病気持ちのようなことを言う。それは円熟した俳諧師の簡素な旅を装う演出だと思えてくる」

「文芸としての技巧？　それとも別の意味があるのですか？」

「どっちかな。真の目的を隠したかったと詮索したくもなる。人は本当のことなんて容易に書けるものじゃない。告白小説や遺書だって創作だ。だからこそ、懸命に生きた人間の真理が吐露される」

善介には支離滅裂のように思えた。〝真理とは思索と実践を積み重ね、思弁の苦悩と止揚によって顕在化するもの〟と、哲学入門の講義で習った。虚構を通じて真理にたどり着くなんていうのはまやかしの論理であろう。

——小説家なんていい加減なものだ。言っていることに論理性がない。しかし、この男の思想の歪みには興味がある。人格の分裂ぶりについて、もっと探ってみたい。

「大庭さんは仙台まで来て、市内の名所見物をなされなかったのですか。青葉城址や県庁構内の養賢堂とか、お訪ねになれば旅行記の執筆に向けて収穫になったのでは？　大学病院の近くには林子平の墓もありますよ」

「そういう仰々しいのは苦手でね。そこに酒があれば、どこでも収穫なのさ。仙台では近いうちに難しい用事があって、予習のつもりだった。しかし、結局、報国の文士様はお酒を召し上がり、世を憂えて寝てしまった」

「どこも見ずに汽車に乗った、という訳ですね」

「朝の散歩は少しはしたよ。片平の東北帝大、南町の東北新報社、東三番丁の河北新報社の場所を確かめた。これから手紙で問い合わせるにしろ訪ねるにしろ、土地勘だけは作った」

崩れた風体をし、適当なことを言っているようだが、物見遊山の旅ではないらしい。大庭は仙台でも名取郡でも一定の目的意識のもとに行動しているようだった。善介は浮雲のような自分の日常とは異質なものを感じた。

「今後、仙台で調査の対象をお持ちなのですね。やはり、小説を書く構想と関係があるのですか？」

善介はいくぶん遠慮がちな態度で質問した。が、大庭は少し怒ったような顔になった。そして、自分自身に言い聞かせるような調子で重そうに口を開いた。

「僕より三十歳近く年上で、すでに亡くなっている人について調査する必要がある。彼は清国からの留学生として仙台医専に通っていた。わずか一年半の間だけだったけどね……」

仙台医学専門学校なら今の東北帝大医学部のことである。その教室は今の片平校舎の敷地内にあったと聞いている。善介は大庭が「必要がある」という語を使ったことにただならぬ雰囲気を感じた。

「東京に日本文学報国会という大仰な組織ができてね、僕はそこに小説の構想を届け出たんだ。そしたら、はからずも当選してしまった。小説を書くことが、お国に対する自分自身の義務になった。しかし、その執筆に自信があるわけではない。長めの紀行小説を一本片付けて、昔話や西鶴の作品を材料にしたものをいくつか仕上げてから、また仙台に来なくてはならない。どこまで調べが進んで実際に書けるのか。不安が無いこともない」

大庭は「この話は止めだ」とぴしゃりと言い、水田が広がる風景の中を先に立って進んでいった。やがて、その道は二股に分かれ、道標の墨の文字が、左に行けば笠島、右は鹽手であると示していた。大庭は少し考えてから「まずは、こっちを先にしようぜ」と言って、笠島方面への道に善介を導いた。

田んぼの景観が途切れ、細道は爪先上がりになって雑木林の中に入っていく。二人は小さな川に沿って小丘を登った。縄張りを主張するかのように、目白が高い声で間断なく鳴いていた。

そこは鬱蒼とした森であった。欅や楢などの広葉樹が新緑をかがやかせている。戦時下の燃料不足で多くの雑木林が刈られているのに、ここは特別扱いのようだった。常緑の松や杉はかなりの樹齢に達していた。その中から古い社殿が現れた。

参道脇の石標には「佐倍之神《さえのかみ》」、鳥居の扁額には「道祖神社」の文字が掲げられていた。小さな屋根の付いた立看板があり、実方朝臣にゆかりの場所であることを解説していた。百人一首の中の歌も記されていた。〈かくとだにえやはいぶきのさしも草／さしも知らじな燃ゆる思ひを〉であった。

藤原実方は花山、一条の両天皇に仕え、左近中将の位を得た文官だったらしい。和歌の名手として知られたが陸奥守に左遷され、多賀城に勤務していた長徳四年（九九八）、この名取郡で事故に遭ったという。彼はこの道祖神社前を通過した際に祭神に対して無礼な言動があった。そのたたりを受けて落馬した。愛馬の下敷きになり、死亡したという。

大庭はその解説文を読んだ後、「ふん」と言って横を向いた。

「〝さしも知らじな燃ゆる思ひを〟か。こんなことを言われたら女の方も穏やかではないだろうぜ。気障な男だよ」

彼はテニス帽を取って、大きな社殿に向かって一礼した。善介もそれに倣った。

三

その道祖神社の祭神は猿田彦命と天宇受売命《あめのうづめのみこと》であった。高天原の怪力自慢と、歌舞の名手の取り合わせである。その二神が合体し、夫婦神として崇められていた。

「ここが大庭さんの目的地ですか?」

「いや、ここは実方を呪った神様が住んでいた所だ。これは僕の想像だが、実方は道祖神が吹く口笛に招き寄せられ、ここを通ったんだ。ところが、馬を下りて拝礼するのを怠った。なぜか嫌だったんだろうな。呪われて、馬から振り落とされたのは気の毒だよ。終焉の地は愛嶋村の鹽手という集落だ。ここから北の方角。我々が探す古塚はそこにある」

大庭は無頓着のようだが、抜け目がなかった。ちゃんと方位を頭に入れて歩いていた。それを善介はおもしろく感じた。

境内の隅にえごの木があり、小社の屋根に白い小さな花をこぼしていた。その扉のない結界の内側に何かが積まれている。大小さまざまに木を削った棒状の物体だった。よく見ると石製のものも混じっている。「何を意味しているのだろうか」と善介は訝った。

その一瞬の表情の変化を大庭が見落とさなかった。からかうような笑みを浮かべながら、「そいつは〝リンガ〟だよ。君には刺激が強いかな」と言った。

良縁や安産を願い、おもに女性が奉納する供物だという。日本各地に見られる土着信仰だが、ヒンズー教の単語を借りて〝リンガ〟と呼ぶそうだ。そんなことまで知っている小説家の博識に、善介は舌を巻く思いだった。

大庭は境内の石に腰かけ、ポケットからつまみ出した「金鵄」をくわえてマッチを擦った。

「君は『遠野物語』とか読まないの？　山人たちの信仰と習俗が書かれている。高天原の伝説よりずっと人間っぽくて迫力があるよ」

「柳田国男はまだですね。神代の話ならば、ギリシャ神話は躍動的でおもしろいと思いました。僕はいまは西洋哲学の方に関心を絞っています」

「いいなあ、僕もそういう時期があったよ。東京に出た時、美術学校にいた兄貴の影響で、仏文の学習そっちのけで唯物論者を気取っていた。その結果、官憲さまに相当にとっちめられたけどね」

「そんな話を初対面の者にしていいんでしょうか。最近、うるさい人が多いので、気を付けた方がいいですよ」

「何、かまうものか。僕はわざわざ青森の警察署や検事局まで行き、誓約書のようなものまで書いて許してもらったんだ。その後、学校も行かなくなった。病気が治ってから結婚して、今では文芸報国運動のお墨付きの文士さ。でも、いつも裏切者だと思っている。それを引きずっていて、誰かに話さないと息苦しくて居たたまれない」

「僕も級友が回覧するエンゲルスやレーニンを読んでます。なぜ、こそこそと唯物論の思想を学ばなくてはならないのか、理解に苦しみます。官憲が学生の読書を厳しく睨むのは不当ですよ」

「戦争を始めた以上、勝たなくてはいけないからだろう。でも、本を読んだだけで危険思想とか非国民とか言うのは完全に間違っているよ」

「日本は〝神国〟だからでしょうか。信じていれば、最後には勝利の大嵐が吹くとか。外国語で何かを学ぼうとすると日本古来の神様が不機嫌になるそうです」

「日本人は自分たちが壮大な物語の主役だと錯覚しているんだ。神風は国民を都合よく騙す物語。創作のタイトルだ。そいつを待っている間は敵性言語を使うなとか、馬鹿を言っちゃいけないよ。僕はあくまで煙草は〝ゴールデンバット〟だ。バットと呼び続けている。鉄道の距離だってわざと大きな声でマイルと言ってやる。何里なんて言えるかい。漢字の〝哩《まいる》〟があるのに変じゃないか。これが庶民の抵抗ってやつだ」

大庭はよく喋る。そして、言うことが皮肉に満ちていた。論理性はないが、妙な説得力があった。

大庭は「君、趣味は何なんだ。少し自分について語れよ」とうながした。善介も自分が考えていることを話したくなっていた。胸中のモヤモヤが少しでも整理されるなら、それもいいだろうと。自分が何を専攻するべきかの思考過程を他人に聞いてもらうのも良いと思った。

彼は肺浸潤症の療養中に高坂正顕によるカント哲学の解説書と『純粋理性批判』の邦訳を読み、道徳観念の根源を考察する態度に感心した。その影響があって、入学当初から独逸観念論を中心にして哲学を専攻したいと意気込んだ。しかし、実際には独逸語の授業で級友に遅れを取った。黒い革表紙の博文館版『木村・相良』の辞書をめくるのに追われた。

――偉大な思想家を相手にするのが自分の本来の希望なのに、語学のために貴重な時間がどんどん過ぎてしまう。

そう考えると、焦燥感が募った。カントもヘーゲルも邦訳で読めるなら、その方が手っ取り早いと思う。書くべき論文の主題をあれこれ構想し、専攻の絞り込みに悩んだ。

一方で、帝大生としての自負が彼の思考を歪んだものにし続けた。「インテリゲンツィアのはしくれである」という自覚から、戦時の世を冷ややかに眺め渡そうとした。いつも「史的必然」という語が頭から離れない。戦時の世の中の構造と方向性を理解しようとして苦しむ日々だった。

大庭はそんな善介の話を聞いて、たちどころに言った。

「専攻選びの悩みなんて、ほんの一時のことだよ。結局は自分自身が時代と如何に関わって生きるかだ。何を専攻しても同じ問題が付いて回る。逆に言うと、如何に生きるかではなく、如何に死ぬかの問題になってくる」

大庭はまつ毛の長い目を細めている。二本目の紙巻き煙草に火をつけて空に向かってフーッと吐いた。

「此処の神様なんて気楽なもんだぜ。要するに、産めよ殖やせよ。これが人間の最も本質的な願いであり目標だ。人間のすべての行動の源には性の問題がある。そう考えるとね、戦争ってのは、おかしなことしているよ。繁栄の条件の奪い合いなのに、お互いが消耗して滅亡に向かっている」

大庭はそこで言葉を切ってから、「僕のところでは二番目の子どもが生まれそうでね。東京の家に戻ったら、今度は奥さんを山梨県の甲府の実家に送っていかなくてはならない。親をやるというのは大変なんだ。如何に死ぬるかなんて言ってられないよ」と言った。

――この男の言うことはまるで不可解だ。生と死の関係を混同している。繁殖することが人間の根源的な願望、とはどうしても思えない。この世に生を受けた以上、自己実現の可能性を追い求めることがみんなの目標のはずだ。その前に〝認識〟が必要だ。それがなければ、人は知性の動物として生きられまい。

善介はそのように考えた。彼はいつも、戦争とは何なのかと自問するが、国家が個人に求める〝義勇〟であるとの結論になる。大庭が言うように、繁殖の条件の確保が人の普遍的な願望ならば、戦争を強いる国家は人の根源的な願いを否定するものとなり、両者は包括関係を失う。

「戦争をやる以上、勝たなくてはいけない、とあなたは言われましたが、日本が勝つと決まっているのでしょうか。一時的に敗けても勝利への道が開けると。お互いが勝利のない状態になることがあるのではないでしょうか。戦争の目的と実際が矛盾する事態です」

「そんなことを俺に聞くのはよせよ。君の言葉は本からの借りものだ。実態からかけ離れていくばかりだ。僕たちは壮大な虚構の中で戦争の時代を生かされている。本当のことを言えば、勝っても負けても僕たちは滅びる。だから、自分の生きた証を、どのように美しく演じるかが問題なんだ」

善介は大庭の堂々たる詭弁に対抗したかったが、自分が持つ語彙はあまりにも乏しかった。博識そうな中年男の逆襲をおそれて言葉が出なかった。

大庭は不遜な目つきで境内を見渡しながら、またしても訳の分からないことを呟いた。

「ここへ来てみて分かったよ。藤原実方は田舎の道祖神だからと言って、ここの祭神を嘲った訳じゃない。性を謳歌する繁殖の神には敬礼したくなかったんだ。彼はエロスよりもタナトスに魅了された歌人だったんだ。俺も同じだけどね」

大庭はいったん言葉を区切り、「道祖神はギリシャ神話ではヘルメスだ。人々を黄泉の国ハデスへと導く役柄だ。竪琴の名手でもある。彼の口笛に招き寄せられたら、もうハデスの入り口なのさ。神話ってのは、洋の東西で似ているよな」と言った。

善介は中学生の頃に読んだ呉茂一著の少年少女向けのギリシャ神話を思い出した。タナトスは死神。ヘルメスは冥界への使者の神である。旅人を守り、時にはうそつきやばくち打ちをも擁護するという。

「道祖神というのは旅行者の守り神でもあり、黄泉の国への案内人でもある。機嫌を損ねてはいけないよ」

大庭は鉄道唱歌を口笛で吹きながら立ち上がった。神社の横手に回ると、旧い街道があった。坂道を下り、再び水田の景観に包まれた。

やがて愛嶋村に入った。鹽手地区に向かう細道の中央で黒い牛が休んでいた。飼い主の姿はない。初夏の日差しが牛の背の上で踊っていた。

「これは困りましたね。菓子でも食べながら、様子を見ましょうか」

善介は、背嚢から出した柏餅と大福餅を一個ずつ大庭に手渡した。

「こいつは有り難い。東京で和菓子は姿を消したよ。なつかしいな。良く手に入ったね」

「備蓄の米粉と砂糖を使い、下宿の近くの和菓子屋が毎月五の付く日だけ、菓子を作って売ってくれます。第二師団本部の御用達のおすそ分けのようです」

「軍人用を優先するからな。家庭用の砂糖は近いうちに配給ストップとなるだろう」

「店で聞いた話だと、この二月に加工用砂糖の配給が停止されたそうです。台湾から来る砂糖がだめになったとか」

「親切な店だなあ。一個の菓子がどれだけ人の気持ちを豊かにすることか……」

「少しでも作っていないと職人の甲斐がないと、店の主人が言うそうです。専門学校に通う娘さんが話してくれました」

「分かるな。そういう職人としての矜持。でも、やがて菓子の木型まで供出させられる日が来るに違いない」

「それでは戦争が終わった時に困るでしょ」

「分からんぞ。権力の亡者は切羽詰まると何でも燃やしたがる」

「それは言い過ぎじゃないですか」

「どうかな。とにかく、僕は大いに励まされたよ。〝少しでも作る〟のが職人だ。僕も絶対に筆は折らない。どんな状況下でも作品は書き続ける」

そう言いながら大庭は大福餅を呑み込んだ。宣言するような大袈裟な口調だった。

道端で菓子を食う二人の男の奇妙な姿をどこかで見ていたに違いない。牛飼いらしき老人が現れて「ええ天気じゃの」と声をかけた。大庭はすかさず実方塚への道を尋ねた。「左手に見えてくる小さな森の中にある」との返事だった。

　さっきの道祖神社から北に一キロほど離れている。その墳墓は小丘の竹やぶの中にあった。千年間も壊されなかったのが不思議なくらいに質素な佇まいだった。大庭は立ったまま、その墓を見つめていた。

「ここが実方中将の永眠の地か。君は気障な歌人だったな。家族も多賀城に住まわせたというから、ここまで来て落馬したのでは残念至極だったたろうぜ。最期の言葉は何だったたのかね？」

　大庭は塚に向かって声を出している。その物言いがわざとらしく、滑稽にすら思えた。

「百人一首の〝かくとだに〟の他にどんな歌が残っているのですか？」

「新古今集に十首ぐらいあるだろう。僕が覚えているのは〈なかなかのもの思ひ初めて寝ぬる夜は……〉という、ひと目惚れの歌だな。高校生の頃に青森の芸妓に書いて送ってやったけど、今は忘れた」

「……」

「そこの石碑の文字は〈桜狩り雨は降り来ぬ同じくは……〉だ。崩し字なので読めないが、下の句はたしか、〈濡るとも花の蔭にかくれむ〉だ」

「花見の時の歌ですか？　華麗な場面のようですね」

「単に気障な歌だよ。遊び半分の中に死の影を感じるね」

石柱には「従四位上左近中将陸奥守藤原朝臣實方公墓所」と刻まれていた。明治四十年に地域の有志が資金を集めて建てたものだった。善介は参道にもう一つの歌碑があるのに気づいた。かろうじて判読できるのは「西行」という文字だった。

「あの有名な西行法師がここまで来たのでしょうか」

「わざわざ来たんだろうね。〈朽ちもせぬその名ばかり……〉。その下は読めないね。五百年後には、こんどは芭蕉が西行の足跡を追いかけて来た。ここは詩人の魂の集積地だね。みんな道祖神の口笛に乗せられて、ふらふらとやって来るんだ」

「まるで〝永劫回帰〟じゃないですか。私たちもその末端にいる。大学の図書館で少し調べてみようかな」

大庭は「ふん」といった表情で反応しなかった。参道脇の青いすすきを眺めていたが、感慨深そうに言った。

「芭蕉のやつ、近くまで来ておいて、実方中将の塚には立ち寄らなかったんだ。俳聖も気障な男だぜ」

腕時計が午後二時を指していた。増田駅を目指して歩き始めた二人の話題は、ふたたび兵隊検査のことになった。善介には耳が痛かった。

大庭は「いざ入営という時、どんな本を持っていくかな?」と発問し、自ら答えた。

「万葉集が多いと聞く。次いで平家物語とか。兵隊手帳に自分の短歌を書き込む者もいるだろうな」

戦地に駆り出された若者たちが背嚢に忍ばせる一冊の本。それを想像し、善介は感傷的な気分になった。「自分が何度も繰り返し読むのならニイチェだな」と思った。

大庭は一人で納得するように話し続けていた。

「僕なら新古今か金槐和歌集だ。万葉集は率直過ぎる。平家は読ませるが大雑把だ。そこへ行くと新古今は技巧に深味がある。実朝は滅びの予感を受け容れる態度が何とも言えない」

この男の軽薄さは何なのだろう、と善介は思った。絶えず他人を喜ばそうと気遣っているが、世の中のまじめさを軽蔑している風でもある。その話術には含羞があるが、信念のようなものを語る時は妙に嘘くさい。

――本当にこの人は文筆家なのだろうか。こんな適当な態度で小説を書き、家族を養っていけるのだろうか。

善介は大庭の横顔を見ながら、そのペルソナに晦渋を感じた。どう考えても親しく付き合いたくなる型《タイプ》の人物ではない。

駅に近づくと、また郭公が繰り返し鳴いていた。大庭は空を見上げ、何かぶつぶつ言っている。

「実方よ。息を引き取る時、君は何を思っていたのかね。何もかもひっくるめて一言、〃スミマセン〃と叫んだのじゃないか」

善介はそのように大庭の言葉を聴き取った。

四

増田駅では、十人ほどが列車を待っていた。その頭上をかすめて燕たちが飛び回る。大庭は預けた荷を受け取り、中からくすんだ緑色の脚絆を取り出して脛に巻きつけた。

「な～んだ。大庭さんもそれを持っていたんですね」

「戦時服装令が出ているからね。めんどうくさいが仕方ない。これをゲートルと呼ぶだろう。フランス語だぜ。敵性言語じゃないのかね」

「それはもう日本語ですよ。人が多くいるので、話の内容には気を付けましょうよ」

「馬鹿言ってらあ。かまうものか」

改札口の時刻表を見ると、ちょうど福島経由で上野へ行く列車が来るところだった。

「運がいいな。乗ろうぜ」

「いや、僕は祖父の家は今度にして、このまま仙台に戻ります」

「そうか。俺は今日中に東京に着けそうだ。時刻表の通りに走ってくれれば、福島からは百七十マイルで七時間」

「先生はこんどいつ、仙台にお見えになりますか」

「先生じゃないよ。報国会の一文士。今年中には小説の材料集めに仙台に来なければならない。これもお国への奉公だ」

「また、お目にかかれますか。わたくしはヨシスケ、善悪のゼンという字に介スケです」

「俺の下の名はヨウゾウ。葉っぱに蔵だが、われわれは一期一会だ。俺のことはすぐに忘れろよ」

それは芝居のせりふのような言い回しだった。善介はいささか「むっ」とした。この男はいつもこのように気障で、小憎らしいことを言うのだろうか。

駅前に着いた〝木炭バス〟からの乗り継ぎ客があり、待合室は人であふれた。間もなく上り列車が入構して来た。善介はホームに出て大庭を見送り、ユーモアを込めたつもりで敬礼した。

「本日は従四位歌人、実方朝臣の墓参に同行させていただき、光栄でありました。謹んでお礼を申し上げます」

「君はやはり僕に似ているな。あえて所番地を聞かないでおく。親しくなると、日記を見せろとせがむのが僕の悪い癖だから……」

大庭はまたしても奇妙なことを言った。別れ際まで学生を手玉に取り、煙に巻くつもりなのだろう。善介はその顔をよく見ておくことにした。やはり、写楽の大首絵のようだった。

「言い忘れましたが、僕の趣味は寝転がって雲を見ていることです」

大庭は「いいこと言うぜ。君も相当に気障だな」と応じた。

車両は満員でデッキにも人があふれていた。大庭は昇降口に片足をかけていたが、汽車が滑り出した時、張りのある声で言った。

「人生、別離に足る。サヨナラだけが人生だ。あの大福餅は最高の味だった。何だか恋の味がしたぜ」

ニッと笑って車内に消えた後ろ姿を見送りながら、善介は笑いがこみ上げてきた。変な男だった。もう会うことはないだろう。

汽車を見送った後、善介はベンチに腰かけて仙台方面へ行く汽車を待った。背嚢から取り出した『ニイチェ研究』の頁を開いたが、目が活字を追っても内容が頭に入ってこなかった。自らを〝報国の文士〟と称した変な男との出会い、未知の平安歌人の墓参、ちんぷんかんぷんだった気障な会話——。それらを思い返すと、何やら狐につままれたような気分だった。

彼は一刻も早く『奥の細道』と『随行記』を手に入れて内容を確認したかった。それは地元の者の義務のようにも思われた。

彼は北上する汽車の客となり、三段窓の外の景色を眺めた。進行方向の両側に水田が広がっている。笠島の道祖神社も鹽手の実方塚も遠ざかっていく。左側の窓には蔵王山塊の南端の稜線が見える。名取川の水面が陽光を跳ね返している。いささかの知的混乱を伴いながら、善介は〝報国〟とは何なのかとしきりに考えた。

自分の胸の病のことが重くのしかかってきた。それは多分、死んだ母親から貰った病気なのだった。母は彼が五歳の時に肺結核で死亡した。父は再婚し、後添えの母との間に妹二人が相次いで生まれた。

義母は常に惣領の善介に気を遣い、敬語を使って会話する。それが彼の重荷だった。中学二年の時、肺浸潤症と診断されたが、義母は善介の療養の環境を整えてくれた。あたかも雇い看護婦のように立ち働き、離れの座敷で起居する善介に奉仕した。

医師は彼の容態について、いつも希望的な観測を口にした。聴診器を当てながら、「もう少しの辛抱だ」と言う。しかし、父には「学校を休ませて療養させた方がいい」と進言していたようだ。

彼が岩沼の祖父母宅に送られたのは、妹たちへの病気の伝染を怖れた父の判断だったに違いない。彼は実母の面影を追いかけ、自分も同じ病で死ぬ予感を払拭できなかった。

――あるがままの自分を肯定し、強い人間にならなければならない。「哲学すること」を反復し、不動心を養うしかない。

善介はいつもそのように考えた。しかし、いくら書物に向かっても、彼の内部にある空虚は満たされなかった。

仙台駅に着いたのは午後四時に近かった。駅前の広場に大日本婦人会の人々が整列し、千人針への協力を求めていた。もんぺ服の若い女性の一群があり、その中に和菓子屋の娘がいるのを善介は見た。

ひとこと、彼女に和菓子と茶の礼を言いたかった。しかし、周囲の視線を意識して断念した。後ろ髪を引かれる思いで彼は繁華街を抜け、東一番丁の松島座隣の本屋に向かった。

岩波文庫の『奥の細道』はすぐに見つかった。曾良の随行日記は書棚に見当たらなかった。彼は思い立って尾崎雅嘉著『百人一首一夕話』の上下巻を立ち読みした。藤原実方はその五十一番目に登場し、〈かくとだに〉の歌が解説されていた。そのあとに〈桜狩り〉の歌をめぐる逸話が載っていた。

善介は王朝時代の花見と大粒の雨を想像した。皆があわてて屋根のある場所に移動したのに、実方だけがとどまった。「私は桜の木の下で、落花を肩に受けながら濡れることにするよ。私は孤独なのだ」とでも言いたかったのだろう。

実方は多数の女性と浮名を流し、清少納言も交際相手の一人だったらしい。しかし、この歌で墓穴を掘ったという。

『一夕話』によれば、後輩の藤原行成が「こんな歌は単に受け狙いで、くだらない」と批判して歩いた。実方は宮中で行成を見かけるや、冠を笏で叩き落として庭に蹴りだした。行成は平然とそれを人に拾わせて髪を直した。その場面を天皇が見ていたので始末が悪かった。行成の冷静な対応は賞賛され、実方の狼藉は咎められ、陸奥国へ左遷されたのだった。

善介は「実方はくだらん男だ」と思った。人気者でいることが当たり前と考えていたのだろう。こんな奴は左遷されて当然だ。しかし、『一夕話』は陸奥国名取郡の中将塚のことには触れていなかった。

善介は事のついでに、下巻の八十六番目にある西行法師の項も開いてみた。〈なげけとて月やは物を思はする／かこち顔なるわが涙かな〉。その歌の解釈を読んだが、ピンと来なかった。「月前恋」の題が付いていたが、その軟弱な態度が気に食わなかった。

彼は『奥の細道』に加えて『百人一首一夕話』も買ってしまった。本屋の主人は釣銭を渡しながら「灯火管制だから夜更かしはしないように」と言った。軍需省は電力使用量の四割削減の目標を国民に示している。赤ら顔の本屋の主人は「勝利の日まで辛抱です」と、誰彼となく声を掛けていた。

下宿の机で『奥の細道』を開いた。昭和二年、岩波文庫の創設と同時に収録された伊藤松宇の校訂であった。善介が買ったのは「教科書版」と銘打たれた普及版であり、昭和八年から版を重ねている。彼は「あとがき」を読んでから中身に入った。

うっすらと記憶にある文章だったが、意味不明の単語が多かった。頁の下に小番号を打った解説と口語訳が付いていて、それを参照しながら読み進めた。やがて面倒くさくなり、読み飛ばして先に進むことにした。

夜中に咳が出たが、善介は義務感に駆られるように『奥の細道』を最後まで読んだ。大庭が言う〝芭蕉の気障〟なのかどうか、単なる旅の記録でないことは明らかだった。

二万字程度の小さな旅行記に、〝わび・さび〟が籠ると言うけれど、善介には不可解だった。しかし、景観に自分の心を映す〝紀行〟という文芸形式には魅力を感じた。彼は日記に「詩情は自然の詠嘆なのか創作なのか。高邁思想も理論無しでは再現不能。俳諧の方法は余には無縁なり」と書き付けた。

善介は翌朝、講義の前に大学図書館に寄った。前年七月に刊行された山本安三郎編『曽良奥の細道随行日記・附元禄四年日記』（小川書房）を借り出した。

これを参照しながら『奥の歩道』を読み直すと、仙台への芭蕉の足取りは確かに奇妙であった。福島県の飯坂温泉は「飯塚」と記されていた。芭蕉は白石経由で仙台へと向かうのだが、武隈の松がある竹駒神社を通って笠島郡に至ったはずなのに、道順が逆に書かれていた。

芭蕉は「藤中将実方の塚はいづくのほどならん」と地元の人に問い、「道祖神の社、かた見の薄、今にあり」との回答を得た。にもかかわらず「五月雨に道いとあしく、身つかれ」のために、「よそながら眺めやりて過る」のだった。〈笠島はいづこさ月のぬかり道〉の句が残された。

頁下の解説が、実方塚では摩耗していて読めなかった西行の和歌を教示した。〈朽ちもせぬその名ばかりを留めおきて／枯野の薄形見にぞ見る〉。時は移っても歌人の名声は滅びない――とでも言いたかったのだろう。

芭蕉はその西行に憧れて旅に出たという。では、なぜ道祖神社と実方塚を回避したのだろうか。「迷ったのではないはずだ、故意としか思えない」と善介は考えた。

彼は『奥の細道』の冒頭部に伏線があることを、独自に発見した。芭蕉は「春立てる霞の空に、白河の関越えんと」旅立つ。その動機として、「そぞろ神のものつきて心を狂はせ、道祖神の招きにあひて取るものも手につかず……」と書いていた。笠島の「佐倍之神」が「道祖神社」である限り、そのたたりを受けて死んだ藤原実方の塚は避けざるを得なかったのではないか。

こう考えると実方塚に対する芭蕉の態度は紀行文の全体の筋にかなっている。善介は芭蕉の作為の巧妙さに感嘆した。

――『奥の細道』は綿密に計算されたフィクションなのだ。その虚構には明らかな意図がある。

善介は探偵にもなったような気分で詩歌を漁る門外漢の自分の姿がおかしく思えた。斜に構えて考える大庭の気障な態度が伝染してしまったのだろうか。

第三講時は「独逸文学特講」だった。教材は『マイステルの遍歴』。尊敬するK教授の講義をしっかり聴いた。講義の後、ふだんなら学友たちと教室で語り合うが、善介は図書館に再び駆け込んだ。大冊である『平安私家集』の中に「さねかた」の章を見つけた。ついでに西行『山家集』も借り出した。

空き教室の隅でそれらの本を開いた。大学の構内は閑散としており、赤煉瓦造りの校舎の屋根から雀の群が路上に降りていた。その鳴き声を聞きながら頁をめくった。

『実方朝臣家集』は宮内省図書寮の所蔵本が底本であり、三百数十首を収録していた。〝かくとだに〟の歌は三百年後に藤原定家が『後撰集』から引いて百人一首に収録したという。

善介を悩ませたのは〈桜狩り〉の歌の出所であった。新古今にも私家集の索引にも載っていなかった。この歌にたどり着かなければ宿題を解いたとは言えない。彼はテンニースの共同体論を扱う「社会学特講」をサボり、再び図書館に戻った。

夕方まで検索棚のカードを何度も写しては窓口に運んだ。そして、西行の編集と伝わる『撰集抄』の注釈に行き着いた。それによれば、実方は藤原北家の出身だが、幼くして両親を失い親戚に育てられた。〈桜狩り〉の歌は『後拾遺和歌集』に〝詠み人知らず〟として収められた。どうして作者名を実方と明示しなかったのだろうか。実方は当時三十六歳。喧嘩相手の行成は十五も齢下だった。行成は「平安の三蹟」に入る能筆家だが、この頃は権勢を誇る藤原道長の腰巾着だったらしい。実方を失脚させるために道長が仕組んだ陰謀であるとの噂が当時からあった。後拾遺和歌集の撰者は道長に忖度し、故意に実方の名を伏せた疑いがある。

実方を奥州に送り出す際、天皇は「歌枕見て参れ」とだけ仰せられたそうだ。注釈によれば、その歌枕とは「消えし世の跡問ふ松の末かけて／名のみは千々の秋の月影」、「みちのくのあこやの松の木高きに／出づべき月の出でやらぬかな」という古歌に詠まれた「阿古耶の松」だ。実方はこの松を探した帰途に落馬死したらしい。享年四十一。

ここまで読んだ善介は、宿題の半分までが解けたかなと思った。〝驕者不久〟の教訓話にするために、落馬死させられた実方の無念に親近感がわいた。

数冊の本をかかえながら、〈桜狩り〉の歌を口の中で反復していた善介は芭蕉の辻を通りがかり、思わずニヤリとした。僧形の俳諧師と虚無僧。二人の芭蕉の取り合わせに翻弄された大庭の顔を想像した。

頬がほてっている。こういう時は呼吸器の調子が悪くなる。ヒポクラテスも「アズマは夜に来る」と書いている。今夜は咳に悩まされるかもしれない。そう思いながら、下宿へ急いだ。

五

カーテン越しに雨の降る音が伝わってきた。善介には微熱があり、起きるのがつらかった。叔母が朝食を用意してくれたが、箸も付けずに畳の上にころがった。大学に行く気力は毛頭なかった。

昨夜はスタンド式の電球の下で、新古今集と実方朝臣集を交互に開き、口の中でぶつぶつと読み上げた。

――こんな軟弱な和歌の数々を読んでいていいのだろうか。他に考えねばならないこと、読まねばならない本が山積しているのに……。

しかし、朝の光の中で再び新古今集を開いてしまう自分がいた。彼は藤原実方という男の人格に迫るため、その和歌を鉛筆で書き写していった。

〈墨染のころも浮世の花盛り／をり忘れても折りてけるかな〉、〈とどまらんことは心にかなへども／いかにかせまし秋の誘ふを〉、〈なかなかのもの思ひ初めて寝ぬる夜は／はかなき夢もえやは見えける〉、〈天の川通ふ浮木にこと問はむ／紅葉の橋は散るや散らずや〉、〈衣手の山ゐの水に影見えし／なほそのかみの春ぞ恋しき〉……。

本歌取りや掛詞が巧みである、と編者は注釈する。しかし、どの歌も意図が単純過ぎるように善介には思えた。華麗であるが軽薄だ。感性を弄び、世の中を嘲っているようだ。だが、何か魅かれるものを感じた。

善介の体から熱とだるさが抜けなかった。北四番丁の大学付属病院まで薬を貰いに行くのも億劫だ。彼は机に頬杖を突き、実方の歌を反芻しながら雨の音を聴いていた。

そこへ訪問者があった。文科の同級生の奥山忠吾だった。一つ歳下だが、独逸語の授業でいつも隣り合う親友である。逐語訳の際に助け舟を出してもらう恩人でもあった。

「どうぞお構いなく」と階下の叔母に声をかけ、奥山は馴れた足取りで階段を上がってきた。しかし、丸縁の眼鏡をかけた愛嬌のある顔が、いつもと様子が異なっていた。

「よお。また咳が出たんだか？　元気出せよな。顔さ見えないもんで、クランケになったかと心配しただ」

「ああ、ありがとう。咳の方はおさまったが、熱が下がらない。講義をサボることにしたよ」

「んだか。僕も帝国憲法の特講をエスケープして来たところだ。今朝、山形の実家から戻ったら教室に君の顔がない。変だなと思って図書館も探した。まさか菓子屋のメッチェンの悩みでもなかろう」

「よせよ。学部の事務所に出す専攻届のことで悩んでいた。気分転換に新古今集を読んでいた」

「僕はもう、スイスを中心にした演劇論で届け出た。と言っても、この非常時に卒論なんて書けやしない。夢のまた夢だ」

奥山は大きな溜息をついた。そして、「こんなものがついに来たんだよ」と言い、胸ポケットから小型の封筒を出した。中から一枚の紙をつまみ出し、善介の顔の前で少し振った。召集令状の赤紙だった。

奥山は隣県の山形の東村山郡蔵増《くらぞう》村の出身である。矢野目という集落に実家があり、善介も昨年夏、奥山の帰省の際に同行した。そこは湧水が豊かな穀倉地帯であり、奥山の実家の庭には大きな池があった。少年たちが小舟を浮かべて遊ぶ風景を見て、善介はフランスの印象派の絵のようだと思ったものだ。

奥山は二日前の日曜日に仙山線を利用して実家に戻っていた。そこへ村役場の兵事係の吏員《りいん》が自転車で訪ねて来た。配達されたのが赤紙だった。

「入営まで一週間の猶予がある。学校関係への挨拶を最優先にしたいんだ」

善介は何と言えば良いのか分からず、友の顔を正視できなかった。奥山はもの静かな口調で話し続けた。

「大学生の徴兵猶予が撤廃された以上、いつかはこの日が来ると思っていた。自家の兄弟では三人目だ。おやじは何も言わずに暗い顔をしていた。おふくろは近くの八幡様にお参りしていたそうだ。第二乙種の合格でも、籤に当たりさえしなければ兵隊に取られないと信じていたらしい」

奥山は近視の度の強い眼鏡を光らせながら「まあ読んでみろよ」と善介を促した。

赤紙とは言うが、実際には桃色であった。表題は「充員召集令状」とあり、本文は「右充員召集ヲ令セラル依テ左記日時ニ到着地ニ参着シ此ノ令状ヲ以テ当該召集事務所ニ届ケ出ヅベシ」と印刷されていた。その次の欄にペン書きで「山形市歩兵第四十二聯隊営内」と、集合地が指定されていた。「山形聯隊区司令部」という朱印がやけに大きかった。

「そうか、ついに来たんだね。君は忙しくなるな」

善介はそれしか言えなかった。友の胸中を察すれば、〝お国のためにしっかり〟とか、〝生きて戻れよ〟とか言うのは、あまりにも無神経過ぎた。

奥山は山形高校時代に肺浸潤で療養したことがあり、善介とは同病相憐れむ仲だった。療養中にシラーの戯曲を読み、スイスの山岳景観に憧れたという。彼は教材の「マイステルの遍歴」に熱心に取り組み、予習復習を欠かしたことがない。K教授から特に目をかけられていた。

「K先生には、もうご挨拶したの?」

「ああ、二時限目の独文の講義の後、図書館長室の方にうかがった」

「先生はさぞや、がっかりしただろう。君には特別に期待していたからな。何かおっしゃった?」

「いや、何も言わなかったね。〝ご苦労様です。お体に気を付けて〟とだけ丁寧な言葉だった。立場上、残念ですとは言えないよ。先生はちょうど『奥の細道』の関連資料をあたっておられた。

独文が専門だが、俳諧の研究もかなりのものらしい。芭蕉に関する分厚い本も書いている。僕は読む機会がなかったが……」

善介は『奥の細道』と聞いて、気持ちが動くのを感じた。しかし、今はそれどころではない。親友に贈る言葉が浮かばず、忸怩たる思いだった。

〈とどまらんことは心にかなへども……〉の実方の歌が彼の脳裏をかすめた。が、そんな軟弱な歌で親友を戦地に送り出すことはできない。

「買い集めた本はどうするの？　荷物作るのを手伝いに行こうか」

こんなことしか言えない自分を、善介は情けなく思った。胸が締め付けられるようだった。

「気持ちだけもらっておく。君は体に熱があるんだから、無理するなよ」

奥山は善介の本棚を眺めまわしながら「カントとニイチェか。僕もじっくり読みたかったたな」と言った。そして「じゃ、学校で」と腰を浮かせた。

善介は「待てよ。まだいいじゃないか」と押しとどめたが、奥山は再び座ろうとはしなかった。

「もっと本が読みたかった。文、法、経の三科をまとめ、教養重視の法文学部の伝統が好きだった。佐藤丑次郎先生の〝自由の蹂躙は人間性の破壊である〟という言葉が身に沁みる」

そう言って奥山は涙ぐんだ。善介の眼にも熱い涙があふれた。佐藤丑次郎は大正十一年に法文学部が設立された際の学長であった。それを惜別の言葉とする奥山の大学生活への熱い思いがしみじみ伝わってきた。

奥山は学帽をかぶり直し、階段を下りた。善介は家具を並べた店先で彼を見送った。奥山は学生服の背をまるめ、傘を開き、後ろを見ずに去っていく。小雨が降るのに、雀たちが路上に降りてきて鳴いていた。

次の日、雨が上がった。善介はだるい体をひきずって西洋哲学史の講義に出た。級友たちは奥山の出征を話題にしていた。明日はわが身だ、と皆が思っている。消息通の者が「〝霞城〟は北海道の出身者が多くなっているそうだ。この二月に一個大隊が南方の島に送られたらしい。本隊の出動も間近だろう」と歩兵第三十二聯隊の近況について語った。

翌日の夕、東一番丁の割烹「八百条《やおくめ》」で奥山の壮行会が開かれた。酒席が嫌いな善介も出席した。同級生と演劇研究会の者たちを中心に計十数人が参加していた。特高に尾行されて地下に潜ったという噂の学友もいた。K教授の憂鬱そうな顔も混じっていた。

床の間を背にして正座した奥山は学生服だった。「臥薪嘗胆」「堅忍不抜」などの壮行の言葉が続いた。誰もがその空々しさに辟易し、涙ぐんだ。酒は少なく、味も薄かった。

すでに六十歳となり、定年辞職が近いというK教授の挨拶が感動的だった。教授は学問の近代化に尽くした人々の蔵書を保存し、帝大図書館の特別文庫とする仕事に精魂を傾けているらしい。「戦時下だからこそ、次の世代の学問の礎づくりに邁進しなければなりません。人生において、学ぶことには終わりがありません。一兵士であるとともに、生涯、一学徒であることを忘れないでください」

それは出征する奥山に贈る言葉として、まことに適切だった。回って来た色紙の中央に「為奥山忠吾君」の文字があり、その真下にK教授の字で「秋眉換新緑」と書かれていた。学生たちは「八紘一宇」や「神州不滅」などの強い言葉を色紙に書き込んだ。善介は「喝」とだけ一字書いて隣に回した。特段の意味はない。戦時の世の中に「目を覚ましていよう」と言いたかった。

顔面を紅潮させた奥山が立ち上がり、山形高校寮歌の一番と五番を歌った。「使命に目覚む六つの寮」の歌詞に差し掛かったところで、彼の両眼から熱いものが噴き出した。

級友の一人がわめき出し、剣舞をやると言って聞かない。皆でそれを押しとどめ、外の空気を吸うことになった。「對橋楼《たいきょうろう》なら酒を出すに違いない」と言う者があり、奥山を囲んで東四番丁へと歩き始めた。

善介はK教授を送る係になった。博学の先生と肩を並べて歩く機会を得たことが光栄だった。

彼はおそるおそる質問した。

「先生が色紙に書かれた言葉はどんな意味だったのでしょうか?」

「あれは唐の李賀の詩の一節ですよ。〝浩歌〟という詩の中に出てきます。七言詩なので、上に〝看見〟の二文字があります」

「……」

「長い戦争もいつか終わる時が来る、次の時の至るのを考えながら生きよう。そういう意味を込めました」

「やはりそうだったのですね。胸にじんと来ました。コウカってどういう字ですか」

「学生諸君がよく言う〝浩然之気〟のコウだよ。天に向かって歌おうという意味。私はもう齢なので、気持ちだけ君たちに和した格好です」

「奥山君に先生の言葉の意味を伝えておきます。彼は堅物なので、大いに喜ぶと思います。ありがとうございました」

梅雨の雲の晴れ間の中に半月があった。薄闇の中で新緑が何事かをささやくように揺れている。K教授が色紙に書いた言葉はまことに季節にかなっている、と善介は感心した。

この機会をのがしてはならない。彼は思い切って質問を続けた。

「大変失礼ですが、奥の細道のことでお聞きしてもよろしいでしょうか」と前置きし、曾良の随行記との間の相違についてK教授がどのように考えるのかを訊いた。

「芭蕉の文学的なポーズというか、全体の筋立てを考えた末の作為であると思われますが、いかがでしょうか？」

「それは違うと思いますね。曾良の随行記が出版されてから、いろんな人に意見を求められて困っています。奥の細道は純粋な紀行文学ですよ。創作の意図は見られません。旅の記述はみな真実だと私は思っています。記憶違いがあるのは、むしろ自然なことです。作為というようなものは、一切なかった」

K教授は芭蕉を友人のように思い、その芸術を尊崇している。それが柔らかい口調から伝わってきた。善介は才気ぶった自分の質問を恥じる思いになった。

「僕は少し考え事があるのでこの辺でいいです。ダンケ」

辻に差し掛かったところで、K教授はそう言い残して一人で歩き始めた。善介は先生の後ろ姿を見送りながら、「自分は大庭という男の毒気に影響されてしまったようだ。失敗だったかな」と思った。

彼は下宿に戻った後、梅雨の晴れ間の月を仰いでいた。入営する奥山のことをしきりに考えた。

度の強い近視の眼鏡をかけて鉄砲を撃てるのだろうか。肺浸潤は再発するおそれが無いのか。奥山が生きて帝大に戻って来ることはないのではなかろうか。悲観的な妄想ばかりがとめどなく去来した。

彼は西行の歌を思い出した。〈なげけとて月やは物を思はする／かこち顔なるわが涙かな〉。奥山も今ごろは酔いを醒まし、街のどこかで同じ月を仰ぎ見ているに違いない。

西行は北面の武士だった。兵法書に通じていたらしい。善介と同齢の二十三歳の時に出奔したことが興味深かった。〈面影の忘らるまじき別れかな／なごりを人の月にとどめて〉、〈月のみやうはの空なる形見にて／思ひも出でば心通はん〉。西行の歌は時勢に距離を置くだけでなく、命と心のありかを懸命に記録しているように思えた。「この態度こそ自分が学び取るべきものだ」と善介は思った。

山家集には藤原実方と関係があると解釈される歌もあった。〈雪うづむ園の呉竹折れ伏して／ねぐら求むる村雀かな〉。西行が二十三歳で出家した直後の作だ。善介は「つまらぬ歌だ」と思ったが、解説を読むうちに興味がわいた。

万葉集にも古今集にも雀を詠った作品はないそうだ。しかし、寒気の中、宮中の竹林にたどり着いた雀を見て、西行は実方の魂が漂っていると想像したという。

藤原氏の学問所であった勧学院の僧が夢に亡霊を見たという。「我は実方なり。身は陸奥に没したが、魂は都に戻った。朝は台盤に遊び飯をついばみ、夕には林の中で翼を休める。往時をしのびて止宿する。我がために誦経せよ」と言った。その雀は大胆にも宮殿の竹林にまで侵入してきた。それで「入内雀」と名付けられたという。

善介は戦地に赴いた学生たちのことを考えた。

——奥山よ。お前、まさか死んで雀に変身し、教室に戻るなんて言うんじゃないだろうな。

善介は、歳上の自分が大学に残ることが申し訳ない思いであった。奥山の顔が月と重なった。涙があふれて来て止まらなかった。そして、「兵役以外にも国に役立つ方法はある」と言った大庭の顔が脳裏に浮かび、すぐに消えた。

六

翌朝、善介は雀の鳴き声で目を覚ました。ぼんやりと青葉城をながめているところへ、奥山が訪ねてきた。奥山は泣きはらしたような目をしていたが、眼鏡のレンズはよく拭かれていた。

「これから大学さ行き、皆にあいさつするだ。君には前もって会っておきたかった。いろいろと、ありがとうさんな」

「こちらこそ。皇国の勝利のために粉骨砕身だ。兵役が終わったら必ず教室で会おう」

善介はこんな場面でよそ行きの言葉を使う自分を恥ずかしく思った。いつも真実の言葉を吐けない自分を意識しながら、奥山の手を握りしめた。その角張った肩を見送った後、気持ちが鬱屈し、講義に出る意欲がわかなかった。

善介は思い立って本屋に行った。表紙に「学生版」の但書が入った動物図鑑の頁をめくった。「にふないすずめ」の図版があり、買うことにした。

「スズメの亜種。小型であり、頬に黒点が無いことが特徴である」と解説されていた。彼は机の引き出しから葉書台紙を出し、ペンをインク壺に浸し、図鑑を写した。「自分は何をやっているのか」と思いながら首をかしげた。心の中の空虚をどうしようもなかった。

ペン画の脇に「嗚呼。燕雀安知鴻鵠之志哉。鴻鵠何感燕雀之情乎」とゴツゴツした筆跡で記した。学生生活を圧迫する国家の意志に対し、精いっぱいの皮肉を込めたつもりだ。水力発電所をあしらった三銭切手を貼り、下の妹の佐奈子あてに出すことにした。

気温はどんどん上昇する。街路樹の緑は黒ずんでたくましくなった。「夏到来。非常時の備え怠りなく。外出時はなるべく長袖で」と、隣組の回覧板が指図していた。

梅雨の合い間を見て、市内全域で防火演習が行われる日があった。善介は近隣の目を意識して出席せざるを得なかった。

国民学校の校庭に定禅寺通り南側一帯の隣組連合会から二百人近くが集っていた。善介は家具商の叔父の戦闘帽を借り、上は長袖ワイシャツ、下は学生服ズボンにゲートルを巻いた姿で参加した。ベルトに手拭いを挟むのも忘れなかった。

鉄兜を背負った連合会長が「去る六月十六日未明、北九州地方に敵大型爆撃機による空襲があった。皇軍の高射砲による反撃と、銃後の訓練の成果によって被害は軽微であった。これを教訓として訓練に励むべし。油断大敵である」旨の挨拶をした。参加者の大半が四十歳以上の男女だった。防火演習というが実際には火を使わず、貯水槽から汲み上げた水をバケツでリレーし、校庭に撒くという他愛ない訓練だった。

善介は「隣組連合会とはゲゼルシャフトなのかゲマインシャフトなのか」と、取り留めのないことをしきりに考えていた。

そんな彼に思わぬ収穫があった。和菓子屋の娘と一緒の班になり、彼女の名を知ったことだった。

「〝よしこ〟さんですよね。どのような字を書くのですか」

「父が付けた名前で、理由の由だそうです」

「それなら自由の由じゃないですか」

善介が自分の姓を伝えると、「下のお名前もずっと前から知っていますよ」と言って由子は笑った。彼は注目されていたことが嬉しかったが、素直に喜ぶわけにも行かないので黙っていた。

「僕は小学校の時のあだ名は〝アクスケ〟でした。大学に入って、山形出身の同級生にそれを話したら、〝アガスケでないだけましだ〟って言われました」

二人は大笑いした。由子と冗談を言い合っている今が幸福だった。

勤労動員のことが話題になった。県立女子専門学校の生徒らは週に三回、学級単位で工場に通っている。航空機に搭載する燃料計器類の検査が由子たちの担務という。「目が疲れて本を読む気もなくなります」と、由子は視線を落とした。その横顔を見つめ、善介の胸の鼓動が高まった。

演習が終わると、隣組が持ち寄った米の炊き出しがあった。善介は校庭の木陰に腰を下ろし、由子と並んで握り飯を頬張った。隣組連合会長の男が「ごくろうさま」と声をかけながら巡回してきて、「北海道で噴火があり、湖畔に大きな山ができたらしい」と言った。

二人ともそのニュースを知らず、顔を見合わせて「へ〜」と驚くふりをした。会長は「こういう時節だから、世の中の動きに細心の注意が必要です」と言い残し、満足そうな表情で歩き去った。

国民学校の木造校舎の屋根で雀が絶え間なく鳴いていた。善介は図鑑で仕入れたばかりのニュウナイスズメの話をした。由子は「へ〜、雀の中に違う種類が混じっていることなんて知りませんでした」と応じてくれた。

下宿に戻ってからも彼の気持ちは高揚していた。天井板の模様の中に由子の面影を追った。学習にも前向きな気持ちになり、日記に「自習計画」なるものを書き付けた。

「道義心や美的判断。その根源を解明するため、カントの三批判書を読み込む必要あり。その上で既成価値観を超越すべく、現実肯定の力の源泉を説くニイチェに考察を及ぼすべし」

それは途方もない学習構想であった。読み了えたばかりの和辻『ニイチェ研究』に感化されていた。

その翌朝、期限遅れの専攻届を提出した。氏名を記したカードに「西洋哲学。ニイチェを中心に」と書き込んだ。それだけのことだが、肩の荷を下ろしたような気分になった。彼は「兵役に就いていると思い、規則正しく学習に取り組もう」と決意した。

善介の目下の愛読書は登張竹風訳『如是説法ツァラトゥストラー』（山本書店）であり、机の上に辞書類と共に立て掛けている。初版は昭和十年、彼が持つのは昭和十七年発行の第六版である。日に一度は開き、そのページが属する章をじっくり読む。この読解を繰り返し、自分の思考の経路をまとめてみたかった。

彼はライプチヒ版の原書も持っている。東京の丸善に注文したものだ。ツァラトゥストラのドイツ語はセンテンスが短く明瞭であり、音読のリズムが心地よかった。登張訳では「前説法」とされる「Vorrede（序）」の象徴的な意味を考察することで論文にしたい、と彼は意気込むのだった。

勤労動員の頻度が増え、善介は苦竹の陸軍造兵廠で働く班に配置換えとなった。当番の日は級友たちと共に宮城鉄道で陸前原町まで行き、造兵廠に通った。

労働は早朝から深夜、計十時間にも及ぶことがあった。多数の中学生が工場労働に駆り出されており、高下駄をはいて通う二高生の姿も見られた。善介は高射砲の二十ミリ弾丸の薬莢製造の技能訓練を受けた後、製造ラインの末端に就いた。

軍事教練も造兵廠の敷地内で行われた。歩兵第四聯隊の将校が立ち会い、中学生も高校生も大学生も一緒に隊列を組んだ。

ある日、下宿で読む朝刊だけになった新聞の記事で、都市部の国民学校初等科の児童らの集団疎開が決まったことを知った。サイパン島攻防の成否と関係があるのだろうか。叔母たちは敵機による空襲の脅威をしきりに話題にした。

しかし、善介は自分の気持ちを学業に集中させるのに努力した。夜の咳に悩まされたが、体調の回復を疑わなかった。気持ちはいつも前向きだったが、論文を書き始めようとすると、すぐに行き詰まった。言葉は数々出てくるが、論理を形成しない。自分の批評精神の未熟さが情けなかった。

そんな時、善介は奥の細道や新古今和歌集を開いて気分転換を試みた。

〈あやめ草足に結ばん草履の緒〉。芭蕉が仙台で詠んだ句は端午の節句にちなむ。六十二万石の伊達家は領内の歌枕の再興という風流な事業に取り組んだという。芭蕉と曾良の旅もこの事業に刺激を受けて発案されたらしい。

善介は苦竹の勤労動員を済ませた後、本町二丁目の滝沢神社に芭蕉遺蹟を訪ねてみた。碑には〈春もやや景色ととなう月と梅〉と刻まれていた。戦時に生きる自分の窮屈な心とは、あまりにもかけ離れた内容であった。俳諧というものが実に奇妙な世界に思えた。だが、自然風物を観察し、その正体を見極めたうえで自分の言葉にする行為に魅力を感じた。

徹夜の交代勤務がつらかった。朝を迎えると疲労が彼を圧倒した。そんな日は講義にも出たくない、本も読みたくない。下宿の二階の窓からただ外を眺めていた。そんな時、考えることには脈絡というものがない。出征した奥山の顔、東京の父母と妹たち、和菓子屋「卯月」の娘……。

芭蕉の俳句に接して以降、身辺の動植物をじっと見つめる癖がついたようだった。その日も彼は、瓦屋根を出入りする雀の姿を凝視していた。どの雀の頬にも、褐色の斑点があった。彼は頬にほくろのない雀を探したかった。害鳥として嫌われるニュウナイスズメをぜひ一度見てみたいと思った。

善介は西行にどんどん惹かれる自分を感じていた。その桜の歌は特に心に染みた。

〈仏にはさくらの花をたてまつれ／わが後の世を人とぶらはば〉〈春風の花を散すと見る夢は／覚めても胸のさわぐなりけり〉〈願はくは花の下にて春死なん／そのきさらぎの望月の頃〉

善介はこれらの和歌をノートに書き写し、季節の変化を見つめながら自分を語る西行の方法を自分のものにしたいと思った。

その日の午後、下の妹の佐奈子から封書が届いた。青インキの万年筆を使い、美濃紙の便せんに書かれた内容は、学校生活や社会の様子に義憤と悲痛を訴えるものだった。

佐奈子は母親の出身校でもあるメソジスト系女学校の中等部の最終学年にいる。昭和十六年以降、外人教師が次々に送還され、学内の雰囲気が暗くなったという。しかし、聖書の講義と英語の授業は続けられ、佐奈子はそれを楽しみにしていた。

ところが、それもままならない情勢になった。手紙によれば、その年の一月に緊急学徒勤労動員方策が決定されて以降、彼女たちは森永製菓会社のキャラメル工場での労働奉仕を続けている。四月に札幌の高等女学校の聖書講義の内容が問題視され、検挙者が出たらしい。それ以来、佐奈子の女学校でも聖書の講義の時間が減らされたという。

ある時、同じ工場に勤労奉仕に来る公立女学校の生徒から「あなたの学校で敵性言語の授業が続いているのはおかしい」と非難されたらしい。佐奈子たちは「英語を学ぶことがなぜ敵国を利することにつながるのか」と反論したが、「学校の中にスパイがいるのではないか。その油断がお国を敗戦に導きかねない」とすごい剣幕で逆襲されたという。

「妾たちはお国のために一生懸命に奉仕していますのに、このような中傷は悲しくなります」と妹は書く。さぞや、やり場のない気分なのであろうと善介は同情した。

両親と上の妹の四人暮らしに大きな変化はないようだった。しかし、「緑爽やかな季節を迎えましたが、妾の気持ちの中には刺々しいものがあふれております」と綴られていた。

「お兄様がくださった絵葉書ですが、雀の声のように〝チュンピュンかんぷん〟です。平易な文章で近況をぜひお知らせくださいませ」

そのように書きながら、佐奈子は誰彼となく不平感を訴えたくてならないのだろう。本郷国民学校が那須に戦時疎開学園を開設したことや、「帝都疎開工事挺身隊」なるヘンな団体が組織されたことが書かれていた。その隊は挨拶に来たついでに、家屋の構造や部屋の位置まで問いただして行き、それが佐奈子にはひどく不愉快だったらしい。

長い手紙は短歌で結ばれていた。「お友だちと短歌を交換しておりますが、妾のものはおはずかしくお見せできません。斎藤茂吉の歌で妾たちの姿をお察しくださいませ」との添書きがあり、〈をとめ等がゐみかたまけしたまゆらを／常なるものとおもふことなし〉で結ばれていた。

妹が自分の療養を気遣っていてくれることが嬉しかった。善介は早速に返事を書いた。仙台が美しい町であり、一人暮らしが順調なこと、勤労奉仕や軍事教練にも前向きに参加していることを報告した。さらに「最近、和歌に興味が出てきて新古今集を開いています。百人一首の読み方教えてください」と書いてやった。

実方と西行の和歌に自分が興味を持っていることを知ったら、父も義母も大いに驚くことだろう。好奇心旺盛な佐奈子が次の手紙で何と言ってくるかを想像し、善介の気持ちはくつろいだ。

七

早朝に広瀬川の岸辺を歩くのが気持ち良かった。しかし、考えることは暗かった。戦争遂行の行方に、善介は情けない思いを募らせた。

七月十八日、東条英機内閣が総辞職した。新聞を隅から隅まで読む叔父は「閣内の相互不信のせいだ」と善介に説明してくれた。数日前から参謀総長や海相の更迭、後任人事の紛糾が新聞記事で伝えられていたという。

善介は東条大将の写真を苦々しく思い起こした。昨年十一月の学徒出陣式で演説した際、万歳三唱を先導した姿は得意満面のように見えた

一週間の空白を経て、ようやく小磯国昭内閣が成立した。ラジオでは「転進」の語がしきりに

使われる。太平洋における米軍の攻勢は苛烈を増しているようだった。「こんなことで戦争に勝てるのか」と叔父が嘆く声が聞こえてきた。

法文学部の学生は連日、原町苦竹の陸軍造兵廠に通って弾丸製造の工程に従事した。宮城、山形、福島の各県から動員された中学生も働いており、鉄道引き込み線を備えた新設の軍需工業区は未熟な労働者であふれていた。

泊り込みで働く中学生を対象にした臨時講義のための教室も設けられた。三月に通知された「中学生勤労動員要綱」に基づき、七月から実施された措置だった。善介が親しくなった山形中学の四年生は「交代勤務が明けた後、仙台市の日乃出映画館に行き、片岡千恵蔵の『独眼竜政宗』を観ました」と楽しそうに話してくれた。さながら新たな学園が出現したかのような盛況ぶりだった。

善介は微熱のある体を駆り立て、高射砲弾の薬莢製造の工程に打ち込んだ。「強制されているのではない。自分の意思による労働奉仕である」といつも自分に言い聞かせていた。

休憩時間が待ちどおしかった。級友らが顔を突き合わせると、必ず戦況の話題になった。

サイパン島の玉砕は悲壮だったという。情報通の友によると、山形第三十二聯隊からの増援を含めて守備兵三万人、民間人一万人が命を失ったらしい。善介は孤立した島での絶望的な戦闘の模様を想像し、戦慄する思いだった。

灯火管制を気にしながら帝国地図帳を開いた。米軍が狙うサイパン、グアム、テニアン、これを迎え撃つ帝国海軍の大勝利が伝えられたマリアナ沖の海域を青鉛筆で囲んでみた。散在する島々に兵力を分散して防衛線を維持する大本営の構想には無理があるように思われた。真珠湾攻撃から二度目のゼット旗を掲げて戦ったと伝えられるが、海戦の大勝利の報も疑わしかった。

八月に入ってすぐ、ついに砂糖の家庭用配給が停止された。台所で働く叔母が声を出して大いに嘆いた。善介はこの事態を予言した大庭葉蔵の顔を思い出した。

その数日後、学童疎開の第一陣が上野駅を出発したことを新聞で知った。日常生活の窮乏ばかりか、子供たちの生命にも危険が迫っている。戦争指導の破綻を危惧せざるをえなかった。

善介は中央公論に掲載された『総力戦の哲学』という特集記事を思い起こした。彼が尊敬していた京都帝大のカント学者の名もあった。大東亜の共存共栄のため、国民各層のすべてが戦争遂行に協力することが、個々人の道徳的な成長でもある――という論理であった。

彼は大きな疑問に突き当たった。中学生の泊まり込みの労働。学校児童の疎開……。それらが個人の精神を高める契機になるとは思えなかった。

――「公」の大義とは「個」の不自由の集積によって実現するものなのか。それが続けば、両者は対立と矛盾の関係になる。やがて、忍従は憎悪を生み、強制は反発となる。

善介は疑問を抱きながら、日々の新聞記事に目を凝らした。中将実方塚に同行した時、大庭は「どういう事態になっても、書き続けるのが報国の文士の務めだ」と言った。K教授は次の季節の到来を信じ、偉人文庫の整理に精魂を傾けるという。それらは国家の意志とは別個の確固たる自分の信念の表現である。

——国家に強制されない自分の使命は何なのか。自分に与えられた時間は、乏しくなるばかりなのに、それが判然としない。

そんな焦燥感が彼を机に向かわせた。勤労動員の合間を縫って大学図書館に通った。閲覧室を闊歩する配属将校の少佐の姿が不愉快だが、そんなことを気にしてはいられない。

彼は思想書の新刊本を借り出しては貪るように読んだ。出隆著『ギリシャの哲学と政治』、山田孝雄著『神道政治思想史』、マイネッケ著矢田俊隆訳『独逸国民国家発生の研究』、波多野精一著『時と永遠』……。冊数を稼ぐだけの飛ばし読みの状態だが、読後感を日記帳に書き付け「今日も学生として生きた」という感慨にふけった。

彼はとにかく、戦争を遂行する「公」と、自身の成長を願う「個」との包括関係を納得したかった。焦りに似た感情が彼を奮い立たせていた。

八月の炎天下でも軍事教練は行われた。模型銃を構えて走る吶喊《とっかん》ほど滑稽なものはない。人形を相手にする刺突訓練に至っては常軌を逸していた。級友たちの間で「ボイコット」が話題になったことも再三であった。しかし、誰かが「教練の個人成績は陸軍省に報告され、召集後も付いて回るそうだ」と言うと立ち消えになった。自分たちの精神が根底から委縮していることを誰もが意識し、暗い気持ちになった。

旧盆で岩沼の祖父母の家に帰省し、仙台に戻って来た日のことであった。出征した奥山から軍用郵便の書簡が届いていた。「陸軍歩兵第三十二聯隊の初年兵となり、野砲の段列要員として元気にやっている」という主旨だった。「所属は第二十四師団。青森、秋田とは兄弟聯隊」とも書いてあった。しかし、発信の日付は一カ月前の七月二十日であり、彼はすでに南方の戦線へと駆り出されたのかも知れなかった。

善介は「奥山の分も読書しなければならない」と自分を督励した。借り出した図書の読みが一区切りつくと、机上の『如是説法ツァラトゥストラー』の頁を開いた。部分的ではあるが、独逸語の原書と対照して考察カードも作った。

勤労動員から帰宅した土曜日の夕方、彼は曖昧に募る恋心に決着を付けねばならないと考えた。ノートの端に〈滴れる木々のみどりの明けぬれば囀り初むる村雀かな〉と書き、その紙片を動物図鑑に挟み込んだ。これを持って勇躍、由子を訪ねることにした。

「卯月」はいつものように葭簀を懸けていたが、店内に商品はなかった。応対に出たのは母親だった。善介は「防火訓練でお世話になっている首藤です。先日、由子さんと雀の話をしましたが、補足したいことがあってお目にかかりたく思います」と告げた。

由子の母親は「それはそれは、ご丁寧に」と言って笑った。もんぺ姿で出て来た美しい娘は「お忘れでなかったのですね」と言って、「にふないすずめ」の図版をのぞきこんだ。

「白黒での印刷の絵だったんですね。字が細かいこと。お借りしてもよろしいのですか」

「もちろんです。普通の雀と比べて見てください。体の文様に特徴がある」

母親が「部屋に上がってもむさくるしいので、散歩でもして来たら」と声をかけてくれたので、二人で外に出ることにした。後方で「お姉ちゃん、ロマンスね」と小声で言う妹の声が聞こえたが、由子は「お転婆ですみません」と言って、少し嬉しそうだった。

二人は桜ケ岡公園を抜け、広瀬川が大きく湾曲する六兵衛淵まで土手上を歩いた。振り分けに編んだ由子の髪が揺れる。善介の気持ちは高まった。彼は西行の雀の和歌の話をしたが、由子はあまり興味を示さなかった。

善介は宮城女専の校内の様子をたずねた。配属将校の姿はなく、特高も出入りしないということだった。同校はこの数年、科目編成の改革をしているらしい。予科がなくなり、本科に数学科が増設された。由子はその数学科の一年だった。国文科は国語科に、家事科は保健科に、裁縫科は被服科に名称替えしたという。

由子には妹と弟がいるが、二人とも勤労動員に駆り出されている。第一高女四年生の妹は数日おきに軍用縫製工場に通っている。中学三年生の弟は苦竹造兵廠の泊まり込み報国隊に従事しているという。

「妹が通う高女の生徒たちは夏休みが終わると、通年の労働奉仕に組み込まれるという噂があります。一日に十時間働かされるとか言っていました。学校での授業は今後、どうなるのでしょうか」

「学習と勤労は一体という考え方ですよね。戦争に勝つまでは一人一人がお国の役に立って、我慢するしかないのでは……」

善介はこんなことを言う自分が白々しかった。学習時間を奪う戦時体制が腹立たしい。しかし、本音で話すことは許されない時世であった。

彼は奥山の壮行会におけるK教授の挨拶の話をした。それを聞いた由子は「いつの日か、私たちもその文庫を利用できるのでしょうか。ありがたいことですね」と言った。

そこで話が途切れた。夕闇が迫る広瀬川にかすかな波が立っていた。鴨の群れが水面を滑るように上流を目指していた。冬鳥なのに北へ渡らず、残留して子育てしているのか。中ノ瀬の辺りにねぐらがあるようである。善介はその鴨たちの動きを見守った。

「元の群を離れ、広瀬川でしっかり繁殖しているようです。僕はずっと見守っているのですが、最初は雛が八羽いたのに、今は五羽になりました」

「天敵のせいなのでしょか。鴨のお父さんやお母さんは気が気ではないですね」

「どんな条件下でも繁殖の努力をするのが、生物一般の務めとか。かれらには戦争が無くていいなと思うけど、自然界でも生きる戦いがあるようです」

「屋根や壁がないところで、雨や風との戦いが大変だと思いますわ」

由子は生物の営みを冷静に見ており、言葉が情緒に流されない。それが善介には好ましかった。しかし、彼は自分の内部に鬱積する思いを由子に語ることができなかった。そもそも言葉にできる感情ではない。暮れなずむ水面を眺めながら五間淵へ引き返し、「卯月」の店頭まで由子を送った。

善介の頭上を小さな蝙蝠が飛び交っていた。人間の暮らしと共に生きる動物たちが黙々と活動していることに、何やら励まされるものを感じた。

八月下旬のある日、動員先の原町造兵廠の掲示板に「学徒勤労令」なるものが掲示された。級友の一人が同じ文書を「法文学部の掲示板でも見た」と告げた。勅令第五一八号の文字があり、「朕学徒勤労令ヲ裁可シ茲ニ之ヲ公布セシム」の文言の後に、内閣総理大臣はじめ軍需、内務、文部、厚生の各閣僚の名が連記されていた。

学校報国隊は国家総動員法に基づく義務となり、国、地方、学校長の協力体制と工場などの受け入れ側の経費負担などを定めていた。「学校報国隊に依る学徒勤労に付其の出動を求めんとする者」は「命令ノ定ムル所ニ依リ文部大臣又ハ地方長官ニ之ヲ請求又ハ申請スベシ」とされた。

個人の意志で勤労動員を忌避することはできない。級友の一人は「これですっきりしたじゃないか。学問する自由は抹殺されたんだ。一日十時間、奴隷のように働いて生きるんだ」と悲痛な叫び声を上げた。

「朕」の勅令の意味をどのように受け止めるべきか、善介は悩まざるをえなかった。「朕」はこのような細かいことまで学生に指示する存在なのか。国民と文化を統合する無色透明な最高の権威は、このように末端の人々の選択の自由を奪おうとするものなのか。

彼にとって、勤労奉仕はあくまで強制義務であってほしくない。それは自発的な意志による国への貢献、つまり自分の生き方の選択なのだ。そう思わなくては、異常な日々への支えがない。

その論理を整理するのに彼は苦しんだ。

勅令の出た後も勤労奉仕の作業の内容は変わらなかった。級友たちは病身の彼をかばってくれたし、薬莢製造の作業を監督する熟練工員も「調子が悪い時は無理するな」と言ってくれた。彼は休憩時間を多めに取ったが、いたわりの感情と同朋意識が妙に心地よかった。

彼は下宿に戻ると、疲れていても必ず登張訳のツァラトゥストラを開いた。洞窟に籠った孤独者が鷲と蛇を友にしたように、善介は閉鎖した思考空間の中でニイチェと西行を「わが友よ」と呼んだ。

西行は隠遁生活の演出を横溢させながら、いつも迷っているようであった。僧侶として腰の定まらぬところがあり、そこに彼の人間性が漂っている。善介が最も好きな西行の歌は〈風になびく富士のけぶりの空に消えて／行方も知らぬわが思ひかな〉であり、迷いながら真実を求めていく態度が味わい深かった。七十三歳円寂の地は河内国南葛城の弘川寺だという。善介はその墓所を一度訪ねてみたいと思った。

八

九月の風が太平洋の匂いを運んでくる。刷毛で描いたような雲が季節の変わり目を告げていた。

全国の神社に対し「寇敵撃滅」の祈願を強化せよ、との内務大臣訓令があったそうだ。善介は「神風なんて、国民をだます物語だよ」と冷ややかに言った大庭のバリトンの声を思い出した。同じ頃、「パラオで米軍を撃退」「南部ビルマの安定確保」という記事が新聞に載った。しかし、本当の戦況は分からなかった。

それは日曜日の午後だった。由子が大福餅を持って善介の下宿を訪ねてきた。

「もう材料が入らなくて作れないかもしれないので、最後の差し入れです。父が持って行けと……」

「ありがとうございます。お父さんの作る和菓子を恋しく思っていたところでした」

善介は浮き立つ気持ちを抑えながら、「河原で一緒に食べましょう」と彼女を誘った。

広瀬川の大橋を眺める岸辺に着くと、由子は堰を切ったように話し始めた。二歳下の妹の女学校の勤労奉仕についてであった。由子は理不尽さを訴えなくては気が済まないという様子だ。善介は黙って聞くことにした。

第一高女の三年生は宮城県内の工場や貯金局に動員されているが、つい最近、神奈川県の横須賀海軍工廠に集団で派遣される話が持ち上がった。火薬の量を計測して袋詰めにする〝危険のない軽作業〟との触れ込みだが、半年間の合宿生活を強いられることになる。県当局を通じて海軍の意向を伝えられた校長は九月中旬に志願者を募ったが、必要人員の百名に届かなかった。校長は生徒を講堂に集め、「あなたたちは国賊と言われてもいいのか」という強い言葉で再募集を行ったという。妹はこの言葉に押され、義勇隊への参加を決意したらしい。

両親が反対したのも無理はない。女子の勤労動員は自宅から通うのが普通であり、泊まり込みの労働は異例であった。家の中は騒然となったが、妹は岩田豊雄の小説『海軍』を読んだ影響もあり、決意が固かった。

陸軍兵としての出征の経験がある父親は「集団生活はお前が考えているような甘いものではない」と叱った。が、妹は「お友達と約束し、心を決めました。一億総決起でお国の役に立ちたい」と言い張り、両親の説得を振り切った。由子も興奮して前進する妹を押しとどめることができなかったという。

「同級生たちが涙ながらに相談し、勇ましい結論が導かれたようでした。長女の私には絶対にできないし、許されない選択です。それだけに、妹の考えが悲壮なものに思われます」

「妹さんは大変な決意をされましたね。でも、なぜ県内の軍需工場ではないのでしょうか」

「それが私にも分かりません。防諜の意味があって、遠隔地の仙台からわざわざ女生徒たちを呼ぶのでしょうか」

その動員計画の意味を解析する力は善介にはなかった。〝総力戦〟という言葉が国民生活を捻じ曲げている。由子の妹は自分の強い意志により、その圧力の中に飛び込もうとしていた。善介は何を言ったらいいのか見当がつかず、広瀬川の水面を見つめていた。

鴨の群れが流れに乗って近付いてきたが、どれが親なのか子なのか分からないほどに成長していた。

「お借りした動物図鑑で知りましたが、あれは嘴の先が黄色いのでカルガモですよね。家族がそろっていて幸福そうです」

由子がしみじみ言った言葉が善介の胸に突き刺さった。

それから二週間ほど経ち、彼は河北新報の紙面に目を留めた。その記事は「県外に初出動、女学生の勤労義勇軍」の見出しで、「女学生だけで編成された第二・四半期学徒義勇軍がいよいよ出動する」旨を伝えていた。

新聞記事によれば、大本営はフィリピン方面での大決戦に向けて確実な勝算があるという。翼賛内閣は一億総決起の士気高揚と資源節約の徹底を呼びかけ、ガソリン代用として松根油の緊急増産対策措置要綱を閣議決定した。風雲急を告げる情勢の下、宮城県女子義勇隊は「報国の範を示して総力戦の礎となるべく、十一月二日に仙台を勇躍出発する」ことになった。

その後も出発の予告記事が再三にわたって掲載された。学徒義勇隊の専用マークや腕章、寮舎の標識、専任の指導監督官の配置など、送り出す家族の目を意識した細かい内容が報じられた。壮行式は第一高女の講堂で行われ、「海ゆかば」を斉唱する予定である、とも書かれていた。

かれらの出発当日は木曜日の夕方だった。善介は造兵廠の作業を切り上げ、仙台駅頭で義勇隊を見送った。「学徒勤労動員の歌」とともに行進して来た女生徒たちは全員が制服にもんぺ、白い鉢巻の姿だった。

午後六時前に仙台発の常磐線の上野行き列車に、女生徒たちが次々に乗り込んでいった。どの顔も感激の涙でぐしゃぐしゃだった。ホームではさかんに日章旗が振られ、菊の花束を車窓から渡す人もいた。それは悲壮感あふれる光景だった。

善介は見送りの最後方で列車に向かって手を振った。由子の姿を探したが、人ごみの中で見つけることはできなかった。列車が見えなくなってからも人々はホームを去らず、♬いざ征けつわもの、日本男児♬　の合唱が起こった。その後、あちこちで啜り泣きが聞こえた。

由子が下宿を訪ねて来たのは、次の日の早朝だった。彼女は寝不足のようであり、青ざめた顔をしていた。「勤労動員に出かける途中で寄りました」と言うので、玄関口に立ったまま会話した。

「昨日は妹の壮行に駆けつけていただき、ありがとうございました。お姿を拝見しましたが、人が多くて声をかけられませんでした。それに私は泣いてしまいましたので……」

「義勇隊の女高生のみなさん、立派な出で立ちでしたね。いかにも張り切っている感じでした。使命感に燃えた出陣でした」

「妹が横須賀行きを志願してから一カ月半。家の中でいろんなことがありましたが、送る方も送られる方も覚悟を決め、きのうの出陣となりました。本人が一番ケロッとしていて、藤山一郎の「丘を越えて」なんか歌いながら、元気に出かけました」

「勇敢ですよね。荷物とか勉強道具とかはどうされたのでしょうか」

「数日前に鉄道便で発送いたしました。全部合わせて布団袋一個と定められていました」

「妹さんはどんな本を持って行かれましたか?」

「たしか、斎藤茂吉の歌集の『寒雲』を荷物の中に入れていました。齢が近い妹なのに、読書の傾向がぜんぜん違うんです。妹は国語が得意で、詩集などをよく読みます。私は子供の時から算数が好きで、文芸の本はあんまり……」

「そうでしたか。妹さんは文学少女なのですね。仙台駅を離れていく列車は勇壮だけど悲しかったな。僕もやがて、出征する日が来るにちがいない、と思いながら見送りました」

「ありがとうございました。でも、善介さんはどちらに向かわれるのですか？」

「それは分かりませんが、必ず行かねばならないような気がします」

「戻られるのをお待ちしています。わたくしのことを忘れないでください」

会話はそれだけだった。由子はお辞儀した後に軽く手を振り、動員先の仙台貯金局を目指して足早に去って行く。髪を切ったモンペの後ろ姿が俊敏そうであった。「お待ちしています」の一言が彼を有頂天にした。玄関先の鉢植えの朝顔の紫色が目に染み込んだ。

彼は部屋に戻り、図書館への返却期日の迫った西谷啓治著『世界観と国家観』を開いた。気持ちに響くものがあったので、二度目の通読だった。彼はこの本を通じ、国運を賭けて欧米列強と戦うことが何ゆえに歴史的な必然であるのかを理解したかった。

この日は夜勤当番だった。大学図書館に寄ってその本を返却し、交代勤務の点呼に間に合うように造兵廠に行くつもりだ。文中に引用された明治天皇の御製〈あさみどり澄みわたりたる大空の／広きをおのが心ともがな〉の歌の響きを確認しながら、本を閉じた。

清掃が行き届いた南町商店街を抜けて大学に向かった。彼は図書館で『寒雲』を検索し、館内閲覧の手続きをした。それは昭和十五年に出版された斎藤茂吉の第三歌集で、虚勢を張ったような楷書のタイトルが特徴的だった。

その歌集は千百十五首を収めていた。作者はあとがきで「私のものとしては最近の創作にかかってゐる」「本集の製作時に於ける私の生活は、別にかはりなく、作歌はやはり業餘のすさびといふことになるわけである。ただ昭和十二年に支那事變が起り、私は事變に感動した歌をいちはやく作ってゐるので異なった點としてもかまはぬやうである」と書いていた。

ぱらぱらと頁をめくると、みちのくの風景や箱根の山荘で見た植物を素材にした歌があった。平易な表現に心なぐさめられるものを感じた。

〈みちのくの蔵王の山に雪ふりて／すでに寒しと家ごもるらむ〉、〈うづたかく一樹のもとにたまりたる／落葉をこめて雪は降るらし〉、〈高槻のはやき若葉は黄にそよぎ／おそきはいまだ枯樹のごとし〉……。見たままの景に偶感を乗せる素朴な手法の歌であり、技巧を感じさせないことが、作者の技巧なのだろうかと思った。

「事變に感動」したという作品は、報道や人づてに聞いた話、皇軍勝利のニュース映画などに接した感慨を歌にしたものであった。戦意高揚という大仰な意図ではなく、作者の日常の気分の素直な表現のように思われた。〈戦ひのはげしきさまも勝鬨の／ひびかふさまも我が涙に浮かぶ〉、〈いきほひと立ち上がりなば天地に／貫きとほり戦ひ果たせ〉……。

由子の妹は動員先の海軍工廠で繰り返し、これを読むのだろうか。火薬詰め作業に動員された日常を短歌にするのだろうか。

彼女らを駆り立てた海軍への幼い憧れを象徴するような短歌が『寒雲』の末尾に載っていた。〈海ゆかば水くかばねとことほぎて／太平洋は砲ぞとどろく〉。由子の妹は自らの意志により、このような気分とともに居る。善介はその悲壮を噛みしめる思いだった。

正午過ぎに図書館を出ようとした時、善介は玄関でK教授とすれ違った。K教授は「奥山君の壮行会の後、一緒に歩きましたね。時間があったら少しお話しませんか」と言って、彼を館長室に誘ってくれた。

善介がその部屋に入るのは初めてだった。二十畳ほどの空間であり、両方の壁は天井まで本棚だった。机の上には図書が積まれており、数冊は開いたままだった。

「奥山君が独逸演劇論を専攻したいと言うので、自分が昔に読んだ本を出してきて、彼の論文作成の指導の準備にかかっているところでした。クライストからワイマル時代のシラーまで。彼はレッシングも読みたいと言っていましたが……」

「そうでしたか。奥山は相当に張り切っていましたので……。いつも、戯曲を読み漁るだけでは演劇文学を考察する半分だと主張していました。上演する者の思想と社会動向を合わせて論じるのが演劇研究なのだとか言っていました。兵役中でもきっと独逸語の本を読んでいるはずですよ」

「そうだと良いのですが、帝国陸軍の歩兵連隊は初年兵になかなか厳しい日課を強いると云いますから、少し心配になります」

「いやあ、奥山のやつは要領は悪いけど誠実なので、上官にも好かれるでしょうよ。余興で寸劇をしたりして人気者になるかもしれません」

「私は独逸文学が専門ですが、若い頃に演劇に魅かれ、新劇や歌舞伎に相当通いました。奥山君も東京で観ておきたいものが沢山あったことでしょう。戦争が終わった時に、それらの生きた文化遺産が健全な形で残されていることを願うばかりです」

そのような会話を交わしたあと、K教授は「あなたは『奥の細道』と曾良の随行記の関連性に興味を持っておられましたが……」と、善介と辻で別れたあの夜の話題を蒸し返した。K教授は善介が指摘した芭蕉の〝作為〟について、改めて考えてくれていたらしい。

「若い人の素朴な疑問ですから、大事にしなくてはいけないと思いました」とK教授は言った。

善介はその発問の源が、大庭と名乗った男の受け売りであることを黙っていた。

「あなたは芸術を創作する際の作為という観点から『奥の細道』を見直そうとしますが、むしろ旅が俳人の心の中に誘発する芸術的動機を考えなくてはならん、と私は思うのです。芭蕉が行った事実の再構成は、執筆の際に自然にたどり着いたものであると私は思います。曾良日記との齟齬は、芭蕉の芸術的意図がいかにして結実したかという、その過程を説明する資料と考えるべきではないでしょうか」

K教授の見解は、あの夜の会話と基本的には変わらない。「旅が作者の内部に誘発した芸術性」によって、事実関係との齟齬が生じてくるという解釈が興味深かった。

善介は芭蕉が立ち寄らなかった実方塚についても、K教授の見解をおそるおそる聞いてみた。

K教授もこのことには注目しているようだった。

「僕も鹽手とかいう村にある藤原実方の塚を訪ねましたよ。そして、奥の細道の芭蕉のことを考えました。健脚とはいえ、行程と天候からして、芭蕉は相当に疲れていたんだと思いますね。道を間違えたように言うところに、さりげなく先人の芸術を敬い、誰も傷つけないで治める俳諧師の気遣いがあるのだとは思いませんか?」

その説明は決して論理的ではないが、文学を鑑賞する際の作者への敬意が感じられた。自分が試みるように、作為の観点から文学作品の構成を論じるのは容易だが、作者の芸術的な意図の再現から遠くなることもあるだろう。

――自分は奥の細道の冒頭部の「道祖神の招き」の一節から、道祖神のたたりを受けた実方の塚を回避した謎を導こうとした。が、その理屈は奥の細道の鑑賞をおもしろくしたかと言えば、そうではなかった。疲労して雨の中を歩む俳諧師の姿でなくては〈笠嶋はいづこさ月のぬかり道〉は魅力を喪失する。

善介はそのように思い直した。

K教授は興味深い話を一つ付け加えた。『花屋日記』という書物についてであった。

それは江戸時代の俳諧書であったが、善介はその題名すら知らなかった。松尾芭蕉の研究者にとっては重要な文献らしい。K教授はその校訂に苦心したことがあるという。「研究室に来てくださった記念に一冊進呈します」と薄手の文庫本を手渡してくれた。しかもそれは「偽書」であることが証明済であるという曰く付きの書物であった。

九

十二月の第一週にひどく寒い日があり、〝杜の都〟に雪が舞った。その翌朝は〝澄み渡りたる大空〟であった。泉ヶ岳が雪化粧し、その眺めは清潔だった。

善介が従事する造兵廠での交代勤務は規則正しく続いていた。戦況が芳しくないことは、作業を監督する陸軍関係者の緊迫した表情からも察せられた。

彼は十一月下旬に敵の大型爆撃機が東京市街を初めて爆撃したことを知った。一週間後には夜間の空襲もあったらしい。人々は「防空体制は万全であり、被害は軽微」と言うが、善介はそれを疑った。高射砲の薬莢の製造工程で働く彼は、自分が作る製品が使用される本土防衛の日を想像し、暗然たる気持ちになった。

彼は勤労動員の合間に、西洋哲学の読書を続けた。赤松元通著『シェリング研究』に触発され、シェリングの『人間的自由の本質』と『学問論』を邦訳で読んだ。そのうえでツァラトゥストラに立ち返り、自分の日常の行動が自身の存在の証明であるという考え方を強く抱いた。

図書館で借りた阿部次郎著『ニイチェのツァラストラ解釈並びに批評』が、彼にとって有力な手引書だった。それは大正八年に出版された灰褐色の表紙の本だった。活字にも古色が漂っていたが、〝トンペイ〟法文学部の先輩たちが学んだ跡があり、そのことが善介を励ました。

著者の阿部はツァラストラは永遠の観念なのだと説く。現実と葛藤し、人間世界の本質を見極め、自分自身を高める姿勢を持つことが〝存在証明〟であり、〝超人〟への第一歩であるとの主旨だった。

だが、問題は自分が生きている時代をどのように解釈するかだ。そのことが落ち着かない限り、存在の証明にたどり着きようがない。考えれば考えるほどに、自分は戦争という壮大なる虚構の圧迫の下に生かされていると思える。その中で死ぬことが自己の存在の証明になるとは到底、考えたくなかった。

善介は疲れると、K教授から貰った文庫本の『花屋日記』を眺めた。その本は虚構と真実の相関について善介の懐疑を新たな方向へと膨らませた。

「花屋」は江戸時代に大坂にあった商家の名である。松尾芭蕉は元禄七年十月、この花屋の離れ座敷で多くの弟子に見守られながら息を引き取った。享年五十一。それは奥の細道の旅で芭蕉が仙台を訪れた時から五年後のことである。

善介は芭蕉の死に方が他人事とは思えないような気持ちになっていた。『花屋日記』は芭蕉の人生の終焉を見守った弟子たちの記録をつなぎ合わせ、俳諧の本質に迫ろうとする記録文学である。善介にとっては、漢文の書簡や俳諧用語が難解だった。しかし、詩人の漂泊への思いは十分に伝わってきた。

〈旅に病で夢は枯野をかけ廻る〉。芭蕉は臨終四日前の十月八日夜半、弟子の呑舟に墨をするように命じ、この句を書きとらせたという。善介は虚空を駆け抜ける魂の孤独を垣間見る思いになった。

弟子たちとの微妙なやりとりを記録した『花屋日記』。これを一読した正岡子規は感動のあまり大泣きしたという。子規が読んだ時代には真実の記録であると考えられていたが、その後の文献研究により、実録を装った創作であることが判明した。著者の藁井文暁は肥後の僧侶で、芭蕉の死去から百年後の俳人である。彼は資料を積極的に集め、其角、去来、支考など蕉門弟子たちの声と筆をまことしやかに創作した。それを真実の臨終物語として世に送り出したのだった。

架空の話ではないのだが、根拠となる書簡、日記類までねつ造し、記録文学の形式を取ったことは読者を欺く行為であった。しかし、それは芭蕉終焉の真相に限りなく迫る作物である。

おそらく、小説というのはこういうものなのだろうと善介は考えた。嘘ではあるが、真実に肉薄する力が読む者を感動させる。

しかし、「私の創作である」とことわらずに〝事実〟の記録と称したことにより、文暁は研究者ではなく偽作者の烙印を押されることになった。

善介は「文暁には悪意はなかった」と思った。おそらく彼は芭蕉の死にざまを立体的に記録することが自分の使命だと考えていたのであろう。真実であると偽らなければ、出版されることはなかったのではなかろうか。

芭蕉は膳所の義仲寺に埋葬された。白木の長櫃に納められた遺体は「花屋仁左衛門が京へ荷物を送る體にて」川舟で運ばれ、其角ら十一人の門人がそれに寄り添った。善介は詩人の死の静けさを飾る、時の流れのような川波の音を感じた。

芭蕉の死が持つ真実は『花屋日記』によって今の世に伝えられた。善介は事実と虚構の絶対的な相違と、真相を記録することの表裏一体性について考えた。虚構であるがゆえに、真実に最も近い世界が描かれることとの意味は重大だった。

いま自分が生きている時代は巨大な虚構に支配されている。「世界新秩序」や「大東亜共栄圏」の理念は戦争の大義を納得するための作り物の理想だろう。しかし、その虚構に飛び込むことによって、自分の生は充実を獲得するのかも知れない。虚構と承知しながら、その渦の中で呼吸することが、自分自身の魂の救済となるのだろうか。

――自分は間違いなく偽書の中に生きている。それがヘルメスが奏でる口笛であり、タナトスが差し伸べる誘いの手であっても、自分はそこに、己の生の意味を見出すべきなのではなかろうか。

自分が直面する現実世界の虚構性を見破ろうとして苦しむことが、善介には愚かなことに思えてきた。虚構の中に真実を追い求めることの方が、上等な生き方なのではなかろうか。そんな悲痛な考え方に善介は傾いていった。

由子の妹が「丘を越えて」を歌いながら横須賀の海軍工廠へと旅立ったように、自分も目前にある限られた選択肢の中で自分の生を美しく演じる道を快活に選び取るべきなのだろうか。

――ツァラストラが大東亜戦争の時代に生きていれば、自らを進んで死地に立たせることで、内部の〝重力の精〟を飛び越えたことであろう。ヘルメスの導くままに、虚構の世界を突っ走ることしか、自分の道は残されていないのではなかろうか。

藤原実方が眠る中将塚の光景が彼の頭の中に何度も浮かんだ。気障な大庭の顔や西行、芭蕉の肖像がぐるぐると回っていた。それらに取り囲まれながら、自分は道祖神の呼び声に応じ、ヘルメスに連れられてどこかに向かおうとしている。郭公の反復する鳴き声が脳裏によみがえってきた。

考え込むうちに朝になった。善介はカーテンをあけた。初冬の冷気が窓から吹き込んできた。じっとしていられない気持ちになり、下宿を出た。

彼は追廻河原まで、勢いをつけて歩いた。朝の舗道に雀が降りている。初夏の頃の姿に比べて体が丸く太った印象だった。

善介は自分の思想が短絡的に充足しつつあることを意識した。それは「偽作」なのかも知れないが、真実に近づく手段なのである。彼は戦争を史的必然と考える虚構を、自分の中に取り入れる方法がやっと見つかったように思った。

善介は初冬の空気の中に靴音を響かせながら、目の前にある広瀬川の薄闇に向かって歩いて行った。由子の「待っています」という一言が自分を前に押し出していく。あの道祖神の口笛が自分の行くべき方向を導くような錯覚を感じた。

◇　◇

この退屈な昔話は収拾を見ないまま終わろうとしている。筆者は唐の詩人李賀の「長安有男兒、二十心已朽」（長安に男児あり。二十にして心すでに朽ちたり）で始まる五言長詩を思い浮かべる。

主人公の首藤善介は、大正十年生まれであった。彼は昭和二十年一月に志願して本籍地の東京で兵隊検査を受け直し、麻布の第一聯隊に補充召集された。彼は本土決戦の配備要員として訓練を受けた後、和歌山県の海岸に配置された。そこで連日、防空壕を掘らされ、重度の腰痛を発した。さらに持病の咳がとまらない呼吸困難となり、同県内の病院のベッドで終戦を迎えた。

復員した善介は仙台には戻らなかった。父親のあっせんで埼玉県内の貯蓄銀行に就職した。大学に戻って学び直そうと考えた矢先に肋膜炎が重症化し、背部を切開して肋骨を四本切除する手術を受けた。進駐軍がもたらしたストレプトマイシンの効能によって命を取り留めた。しかし、肋膜炎は寛解となったものの体質は改善せず、その後の彼の人生は病との共生であった。

善介が勤務した銀行は合併を重ねてメガバンクになった。しかし、彼は労働組合の専従職が長かったために出世とは縁がなく、定年退職した時は東京多摩地区の支店の次長であった。退職後は前立腺から転移したがんとの闘いだった。東京郊外の一戸建てに住んでいたが、妻子はなかった。孤独な善介を気遣い、看取ったのは二番目の妹、佐奈子だった。

彼女は〝ひねくれ者〟を自称する兄の昔話に興味が尽きなかった。ある時、「復員後に、仙台の和菓子屋の娘さんを訪ねなかったのですか」と聞いたことがある。

「昭和二十一年の秋、一日だけ病院から外出させてもらった。仙台に着いた時には息絶え絶えだった。街は焼け野原に近かった。和菓子屋の卯月は影も形もなかったよ」

兄の答えはそれだけだった。学友の奥山は沖縄で戦死していた。東北帝大は元の位置にあったが、K教授は東京に転居し、のちに都内の私立大学の学長になった。善介が下宿させてもらった家具店は昭和二十年七月十日未明の仙台空襲で焼失したが、叔父叔母はともに無事だった。この空襲で焼夷弾一万三千発が落とされ、仙台市の人口約二十六万人のうち五万七千人が被災し、千人以上が亡くなった。緒方由子はその中の一人だったという。

兵役の体験について善介は「新兵教育の名を借りた愚劣な制裁が、何とも耐えがたかった。その恨みが消えることはない」と語り、詳しくは説明しようとしなかった。ただ、終戦から復員までの五カ月間に、温州ミカンを山のように食べて指先が黄色くなったこと、木製の蜜柑箱を組み合わせて机とし、『奥の細道』の文庫本を繰り返し読んだ思い出を話した。

付け加えておかなければならないことがある。昭和二十三年六月中旬のある日、都内で入院中だった善介は「太宰治情死」を伝える新聞記事を見て、ハタと思い当たるものがあった。紙上に掲載された顔写真が、中将実方塚に同行した「大庭」に似ていたのだ。

彼は数日後、前年に刊行された『斜陽』（新潮社）を購入し、すぐに読んでみた。その後、朝日新聞に連載された『グッドバイ』も読んだが、両作品ともに自分の問題意識とはかけ離れているのを感じた。

そして、流行作家の太宰治があの気障な大庭と同一人物との確信は持てなかった。しかし、その後、古雑誌のグラビアで国鉄三鷹駅付近の跨線橋を散歩する黒いインバネス姿の太宰治の写真を見て、「雰囲気が似てはいる」と思ったという。

筆者が調べたところ、太宰は仙台とはかなりの縁があり、戦争中の昭和十九年十一月に『新釈諸国噺』の中の「女賊」（原題は「仙台伝奇・髭候の大尽」）を「月刊東北」に発表。また、同年十二月二十日から五日間、仙台に滞在して東北医専と魯迅について調査したことが年譜に記されている。

この魯迅を主人公にした小説『惜別』は内閣情報局と文学報国会に依頼された仕事であった。調査には河北新報の協力を得た。また、戦後の二十年十月から翌二十一年一月にかけて同紙上で『パンドラの匣』を連載し、同年六月に同社から単行本として出版した。

津島美知子著『回想の太宰治』（昭和五十三年、人文書院刊）によれば、昭和二十一年十一月、太宰は疎開先の津軽金木町から帰京する際、家族ともに仙台で途中下車し、市内に一泊した。この時も河北新報の記者が駅に出迎えたという。一方、『評伝太宰治』（昭和六十年筑摩書房）の著者、相馬正一は年譜に記録された以外にも太宰が仙台に足を運んだ形跡があることを記している。

問題は「昭和十九年六月初旬」の太宰治の行動である。

藤原実方の墳墓を訪ねた日が善介の記憶の通りに「追廻の河原での火器操練の翌日」の月曜日だったならば、昭和十九年六月五日ということになる。それは太宰が『津軽』の執筆のために青森県に取材旅行に出かけていた時期と重なる。

『津軽』は小山書店「新風土記叢書」の第七巻。三百枚を超える大作であり、本編は「ね、なぜ旅に出るの？」「苦しいからさ」の会話で始まる。「私もいい加減にとしをとったせいか、自分の気持の説明などは、気障なことのように思われて、（しかも、それはたいていありふれた文学的な虚飾なのだから）何も言いたくないのである」と、作者は自分の心境を吐露する。そして「ある年の春、乞食のような姿で東京を出発」したのである。

故郷津軽に向かう「私」は「十七時三十分上野発の急行列車」に乗り、翌朝に青森に着いた。「凡そ三週間ほど」の日程で蟹田、竜飛岬、金木の生家、深浦、五所河原、小泊、再び蟹田――と巡り歩き、「私の忘れ得ぬ人」との再会を果たしていく。津島美知子の回想によれば、『津軽』の「私」の足取りは実際とはかなり異なるそうだ。確かなのは、出発日が五月十二日（金曜日）朝であり、東京帰着が六月五日（月曜日）夜だったことだ。

旅の途中で「私」はさかんに芭蕉を意識する。例えば「芭蕉翁の行脚掟」箇条書きを引用し、

「論語の酒無量不及乱という言葉は、酒はいくら飲んでもいいが失礼な振舞いをするな、という意味に私は解しているので、あえて翁の教えに従おうともしないのである」と書く。

生家の元女中であった「たけ」との再会の場面が、この小説の圧巻であろう。「たけ」は「桜の小枝の花を夢中でむしり取っては捨て、むしり取っては捨て」ながら、「金木のまちを歩きながら、もしやお前がその辺に遊んでいないかと、お前と同じ年頃の男の子供をひとりひとり見て歩いたものだ。よく来たなあ」と言う。「私」は「ああ、私はたけに似ている。（中略）粗野で、がらっぱちのところがあるのは、この悲しい育ての親の影響だったということに気附いた」のだった。

この劇的な再会の後、「私は虚飾を行わなかった。読者をだましはしなかった。さらば読者よ、命あらばまた他日。元気で行こう。絶望するな。では、失敬」との言葉を残し、『津軽』は終わる。若かりし日、秀才の誉れをほしいままにした津島修治も満年齢で三十四歳になっていた。この間に左翼運動、芸者との同棲、心中未遂、麻薬中毒を経て、生家から義絶の宣告まで受けていた。『津軽』の「私」の胸中はいつも苦渋に満ちており、人間の本性への深い洞察が漂っている。『津軽』は昭和十九年十一月に初版三千部が刊行され、戦後の同二十二年四月に前田出版社から活字を組み替えたものが出版され、さらに太宰の死後の二十三年十月に小山書店から再版された。

筆者はこれらを目黒区駒場の日本近代文学館で閲覧させてもらった。定価は初版が三円十六銭、次が四十円、再版が百八十円だった。貨幣価値が著しく変動した時代であったことが分かる。太宰の文名がにわかに高まったことも関係しているのかも知れない。

亀井勝一郎は「（太宰の）全作品の中から、もし一つだけ選べと云はゝ、なら、私は『津軽』を挙げよう」（昭和二十四年）と書いた。佐藤春夫も「他のすべての作品は全部抹殺してしまってもこの一作さへあれば彼は不朽の作家の一人」（同二十九年）と高く評価した。

相馬正一は「この作品を小説として成功させている最大の要因は、巻末の〈たけ〉との再会シーンの伝える感動である」と批評し、実在の人物である越野タケを小泊に訪ねて聞き取りを行った。その調査によれば、太宰がタケさんに会ったのは事実であった。しかし、当日は小学校の運動会であり、太宰は旧友と酒を飲み続け、タケさんとはほとんど会話をしなかったという。「たけ」が桜の花をちぎっては捨てながら懐旧する感動的な場面は太宰による創作だったのである。タケさんの証言によれば、「（太宰は）竜神様の狭い境内でも、皆が参詣を済ますまで太宰は途中の桜並木のところで桜の花をむしりながら待っていた」のだった。この時、太宰治の脳裏には、「桜狩雨は降り来ぬ同じくは……」の和歌が蘇っていたのではなかろうか。

津軽での取材を了えた太宰は六月五日夜に上野駅に着いたが、青森を発った時刻は定かでない。

善介は「実方塚へ同行した男は自分で〝四十男だよ〟と言った」と記憶していた。自らの職業を「報国の文士」と称したことは、無頼派と呼ばれた彼のイメージにふさわしくない。また、昭和十九年十二月の『惜別』の取材旅行より以前に、彼が仙台を訪れた記録は見当たらない。

蛇足になるが、太宰治は朱麟堂の俳号を持っていた。「思ひ出はせんすべもなしや春の鳥」「灯の下や足落ちやすききりぎりす」などの句が知られている。玉川上水で情死した際に辞世の句はない。友人の伊馬春部に遺した歌は伊藤佐千夫の「池水は濁りににごり藤波の／影もうつらず雨降りしきる」だった。

一方、この物語の主人公の首藤善介は晩年、老人ホームでの闘病生活のあいだに随分と俳句に凝り、いくつかの雑誌にも投詠していた。亡くなった時、机の上にあった短冊には「蝶曳かれゐて息のあり雲の峰」と書かれていた。盛夏にホームの庭で、蟻の行列でも見ながら自分の人生を振り返っていたのだろうか、その真意はわからない。(了)

この小説の執筆にあたり、以下の文献を参照し、その一部（写真を含む）を引用しました。

・神谷恵美子監修『海鳴りの響きは遠く——宮城県第一高女学徒勤労動員の記録』草思社、二〇〇七年七月
・東北大学史料館『展示記録・東北大生の戦争体験』史料館紀要第11巻、二〇一六年三月
・相馬正一『評伝太宰治・第三部』筑摩書房、昭和六十年七月
・引川寺『西行記念館図録』平成元年三月
・大津市『大津と芭蕉』平成三年三月
・日本近代文学館『太宰治文学館・復刻・津軽』ほるぷ出版、一九九二年六月

『海鳴りの響きは遠く』（草思社刊）表紙より

あとがき

サラリーマンを引退した後、六十の手習いでいくつかの雑誌に小説まがいの作品を書いている。その中から四作品を選んで二冊目の小説集を編むことにした。

前作『埋もれた波濤』（論創社）が売れ残っているのに、愚挙を繰り返すつもりかと言われそうだが、気持ちに区切りがつかず、前に進めなくなった。できるだけ多くの人から批判を受け、老残の文芸に磨きをかけたい一心である。

「ミャンマーの放生」は二〇一九年四月に執筆し、同年九月発行の「山形文学」一〇九号に掲載した。自分が心筋梗塞で手術入院したことや、竹山道雄『ビルマの竪琴』をめぐって父親と論争した記憶などを書き入れた。そんなことから妙な愛着を感じており、巻頭にすえた。

現地は三回訪れた。成人する前に必ず寺院での集団生活や布施を経験することが、ミャンマー社会の根底にある人間同士の絆ともいうべきものだと思っている。手さぐりで進む民主化と経済発展の歩みを見まもりたい。ラストの場面にはそんな気持ちをも込めた。

しかし、二〇二一年二月の国軍クーデターにより、民主化の動きが徹底弾圧され、多数の死者が出ている。前年の総選挙で民主派が圧勝し、社会のタガを緩まり過ぎたと考える軍部の警戒・焦燥感が引き金となったのだろうか。これまで、国内治安に注力する軍部の意向が政府決定の最重要の部分を占めてきたが、アウンサン・スーチー氏は少数民族の武装勢力と連携して新政府樹立を宣言したと聞く。騒乱は続きそうであり、胸が痛む。この小説で描いたミャンマーの姿の中にその萌芽が読みとれないこともない。そんな気もしている。

「漂流船」は、北朝鮮から日本海の沿岸に流れ着いた漁船を見物に行く現在の話と、二十年前の県知事のスキャンダルの回顧をダブらせた。この作品は二〇一八年に「山形文学」一〇八号に掲載した際、同人合評会や配布先の友人たちからすこぶる評判が悪かった。事実関係に引っ張られ過ぎて物語として読みにくい、というのである。しかし、筆者としては「込み入った事実関係の中に人間的真実がある」という思いが強まり、大幅に加筆することにした。

最近、摘発された鶏卵業者から農水大臣への贈賄や、カジノ事業参入を目的とする献金・接待事件など、政治家をターゲットにした黒いカネの提供は跡を絶たない。放送事業の許認可をめぐって官僚が接待漬けにされる不祥事も国会で追及されたばかりだ。中央政界でも地方自治の現場でも、いつも節操のないカネの力が人々のモラルを踏みにじっている。

一九九九年に発覚した山形〝笹かま事件〟はうやむやのうちに幕引きされた。私も現地のマスコミ関係者の一人だった。身近で起きた黒いカネ運搬の事例を呼び起こし、それに翻弄された人間の悩みの軌跡をたどることは若干の意味があるのではなかろうか。笹かま事件と北朝鮮の漂流船をセットにするのは〝こじつけ〟だという批判もあった。が、筆者としては両者の幻影には重なるものがあると思っている。

三作目の「ボートは沈みぬ」は有名な歌唱曲『真白き富士の根（嶺）』を巡り、老人ホームで暮らす母親の素朴な疑問に答えつつ、明治四十三年に起きた逗子開成ボート遭難事件の真相を追おうとした。俳句雑誌『杉』に連載したエッセー三回分をつなぎ合わせ、同人文芸誌『四人』一〇四号に発表したものに手を入れた。心づもりとしては、青少年の抑えられぬ冒険心と破綻を書いてみたかったのだが、この事件で人生が狂った男性教師、一躍名を挙げた女性教師、事後責任を全うした校長の運命を比較することになった。宮内寒彌『七里ヶ浜』（新潮社刊）をなぞりながら、その後の多くの人の調査の成果も取り入れた。宿題の一つを果たしたつもりだ。

「道祖神の口笛」は戦時中の大学生が、出征を目前にして思想形成に焦る様子を描いた創作である。前進するために観念の〝虚構〟が必要であり、これにすがって真理をつかもうとする青年の葛藤を描いてみたかった。関西の俳句雑誌『海棠』に連載したエッセー四回分を元に『四人』一〇三号に創作ノートとして掲載、そのうえで『山形文学』一一〇号に発表した。

この小説の主人公のモデルは母方の叔父たちである。一人は戦争中に大学を卒業したが、肺結核のために湘南地方で転地療法を繰り返し二十代で死去した。私が大学生の頃まで、彼の蔵書が藤沢市鵠沼の母の実家に大量に残されており、その一部は私が引き継いだ。それらの書名を羅列しすぎた感があるが、当時の思潮と青年の焦燥の読書の雰囲気を再現したかった。

太宰治らしき皮肉な人物との出会い、小宮豊隆らしき先生との交流という小説ならではのプロットを楽しみつつ書いた。これらは人づてに聞いた話をつなぎ合わせている。物語の舞台になった当時の東北大学や仙台市内の様子などは同大史料館発行の諸資料を参照しながら想像で書いたが、同人誌掲載の抜き刷りを百部作って関係方面に配り、気が付いたところを指摘してもらうことにした。案の定、地理や建物の固有名詞に多くの訂正箇所が出て来て、単行本化する際に反映した。地理関係は中学、高校の地学部の同級生で仙台市に勤務する末岡眞純君、戦時中の鉄道事情については大学の同級生、廣田純造君の知識に負うところ多い。また、同市内の古料亭、劇場の名は元河北新報記者、小形英敏氏の教示を受けた。多くの友情に感謝する。

題字は酒友の書家、石塚静夫氏に依頼した。彼は「あんまりピンと来ないタイトルだ。売れそうにないぜ」と言いながら、二ヶ月間待たせてようやく書いてくれた。装幀は東日本大震災の後遺症とたたかいながら創作を続ける福島県在住の彫刻家、村上勝美氏に頼み、彼の力作の写真を使わせてもらった。「全体をつらぬくテーマとして人生における〝虚構〟の役割を考えさせられますね」と言って出版を後押ししてくださった論創社の森下紀夫社長、担当の小田嶋源さんにも謝意を表したい。

コロナウイルスで禁足中の北多摩の陋屋にて　二〇二一年五月　　　　滑志田　隆

滑志田 隆（なめしだ・たかし）
1951年神奈川県生まれ。早稲田大学政治経済学部卒業。78～2008年毎日新聞。社会部記者として警察、環境、農政、人口問題等を担当。08～10年統計数理研究所客員研究員、10～15年国立森林総合研究所監事。この間、東京農大客員教授、日本野鳥の会理事、内閣府みどりの学術賞選考委員などを兼務。現在、農林水産省国有林技術開発検討委員、国土緑化推進機構事業評価委員。博士（政治学）。共著に『霞が関シンドローム』（毎日新聞社）、『農と食の光芒』（農林統計協会）など。単著に『地球温暖化問題と森林行政の転換』（論創社）、『小説集・埋もれた波濤』（同）。

道祖神の口笛

2021年6月20日　初版第1刷印刷
2021年6月30日　初版第1刷発行

著　者　滑志田隆
発行者　森下紀夫
発行所　論 創 社
東京都千代田区神田神保町2-23　北井ビル
tel. 03（3264）5254　fax. 03（3264）5232　web. https://www.ronso.co.jp/
振替口座　00160-1-155266
装幀／奥定泰之
印刷・製本／中央精版印刷　組版／ロン企画
ISBN 978-4-8460-2058-3　